일
리
아
스

일러두기

- 이 책은 Homer, 『*The Iliad of Homer*』(Project Gutenberg, 2006)를 참고했습니다.

Ilias

일리아스

호메로스 지음

호메로스

호메로스 두상. 그리스 시대 원본을 복제한 5세기 로마 시대 작품.

『일리아스』 필사본

5세기 말에서 6세기 초에 제작된 그리스어 필사본.

『일리아스』 필사본

15세기에 제작된 바티칸 도서관 소장 필사본.

『일리아스』 영어 번역본

1660년 존 오갈비가 영어로 번역한 『일리아스』의 표제지에 실린 바츨라브 홀라르의 판화. 『일리아스』는 필사본만 2,000종이 넘으며, 번역본은 헤아릴 수 없이 많다. 최초 영어 완역본은 1581년 출간되었다.

신격화된 호메로스

프리에네의 아르켈라오스가 기원전 3세기경 제작한 대리석 작품. 호메로스는 고대 그리스 로마 시대에 영웅숭배의 대상이었다. 그는 단지 위대한 시인만이 아니라 모든 문학에 영감을 불어넣는 신적인 존재로 받들어졌다. 맨 위 호메로스를 시작으로 그 곁의 기원전 3세기 이집트 왕 프톨레마이오스 2세와 왕비, 『일리아스』와 『오디세이아』의 등장인물들, 아홉 뮤즈들, 아폴론 신과 제우스 신, 숭배자 무리를 묘사해 호메로스의 위대함을 예찬했다.

「파르나소스 Il Parnaso」

르네상스 시대 이탈리아 화가 라파엘로가 1510~1511년경 로마 바티칸 궁전 서명실 천장에 그린 프레스코 작품. 르네상스 시기 고대 그리스와 로마 문예부흥 정신을 표현한 작품이다. 그리스신화에서 신성한 산으로 여긴, 그리스 중남부에 위치한 파르나소스(Parnassos) 산을 배경으로 한가운데에 악기를 켜는 아폴론 신이 앉았고 좌우로 뮤즈들이 있다. 그림 왼편 파란색 옷을 입은 인물이 호메로스다. 그의 왼쪽에 베르길리우스, 오른쪽에 단테와 보카치오가 서 있다. 르네상스 시대에도 호메로스가 얼마나 위대한 인물로 여겨졌는지를 잘 보여준다.

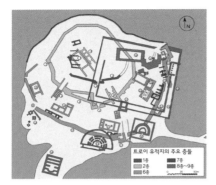

트로이 유적 평면도

하인리히 슐리만이 발굴한 트로이 유적

독일 고고학자 하인리히 슐리만이 1880년 펴낸 발굴 조사서에 실린 삽화. 『일리아스』에 묘사된 트로이 전쟁이 실제로 있었던 역사적 사건인지는 슐리만의 트로이 유적 발굴로 밝혀지기 시작했다. 1871~1873년, 1878~1879년 조사에서 터키 서북쪽 지중해 연안의 히살리크 언덕에서 도시 유적을 찾아낸 슐리만은 그것이 트로이 전쟁 당시 것이라고 주장했다. 하지만 이후 다른 연구자들의 발굴로 트로이 유적은 청동기시대부터 로마 시대까지 모두 9개 층으로 이루어져 있으며, 그가 찾아낸 것은 기원전 3000~기원전 2250년에 해당하는 1층과 2층임이 드러났다. 추가 조사로 불탄 흔적과 화살촉이 발견되어 트로이 전쟁이 실제로 있었으며, 시기상 기원전 13세기에 해당하는 7층이 당시 유적이라고 추정하고 있다.

프리아모스의 보물

슐리만이 『일리아스』에 등장하는 트로이 왕 프리아모스의 궁전에서 출토되었다고 주장한 유물 중 일부. 그러나 이 유물은 2층 유적에서 출토되어 트로이 전쟁 시기 7층 유적과는 많은 시간차가 난다.

헬레네의 보석으로 치장한 소피아 슐리만

슐리만은 아내 소피아에게 '헬레네의 보석'이라고 불리는 황금 장식 유물을 걸치고 사진을 찍게 했다. 공공 유물을 개인 용도로 사용한 이 사건으로 슐리만은 터키 오스만 제국 당국에 의해 발굴 허가를 취소당해 더 이상 트로이 유적 조사에 나서지 못하게 된다.

『일리아스』 속 주요 인물

그리스 진영

아킬레우스	여신 테티스와 테살리아 지방 프티아 왕 펠레우스의 아들. 그리스를 대표하는 최강의 전사다. 아가멤논이 자신의 명예를 훼손하자 분노하여 트로이 전쟁 참여를 거부한다. 그러나 절친 파트로클로스가 적의 손에 죽자 거기에 다시 분노하여 전쟁에 뛰어든다. 그의 분노는 『일리아스』에서 가장 중요한 주제 중 하나다.
아가멤논	미케네 또는 아르고스 왕. 트로이 전쟁 당시 그리스군 총사령관. 메넬라오스의 형. 아킬레우스와 불화를 일으켜 그리스군이 궁지에 몰리게 만든다.
아이아스	살라미스 왕 텔라몬의 아들. 그리스군에서 디오메데스와 더불어 아킬레우스 다음으로 강한 전사다.
오디세우스	이타카 왕. 용맹뿐 아니라 지혜까지 갖춘 영웅이다. 특히 지략과 말솜씨가 뛰어난 것으로 유명하다. 호메로스의 또 다른 서사시 『오디세이아』의 주인공이다.
메넬라오스	스파르타 왕. 헬레네의 남편이자 아가멤논의 동생. 트로이 왕자 파리스에게 아내 헬레네를 빼앗기자 트로이로 쳐들어가자고 요구하여 트로이 전쟁이 일어난다.
디오메데스	아르고스 왕. 아킬레우스, 아이아스와 더불어 그리스 최고의 전사 중 한 명이다. 신에게 상처를 입힌 유일한 인간으로 유명하다.
파트로클로스	아킬레우스의 죽마고우. 전투 도중 트로이 왕자 헥토르에게 죽는다. 그러자 분노한 아킬레우스가 전쟁에 뛰어들어 위기에 빠진 그리스군이 전세를 뒤집는 계기를 마련한다.
네스토르	필로스 왕. 그리스 진영에서 원로 중의 원로이자 가장 나이 많은 현자다.
칼카스	그리스 최고의 예언자.
헬레네	스파르타 왕 메넬라오스의 아내. 세상에서 가장 아름다운 여성. 제우스 신과 스파르타 왕 틴다레오스의 아내인 레다 사이에서 태어났다. 파리스가 트로이로 데려감으로써 트로이 전쟁이 벌어지는 결정적인 원인이 된다.

트로이 진영

헥토르	트로이 왕자. 트로이 왕 프리아모스의 장남. 트로이 최강의 전사로 아킬레우스가 등장하기 전까지 종횡무진하며 그리스군을 물리친다. 지혜와 덕을 함께 갖춘 영웅이었으나 결국 아킬레우스에게 죽는다.
아이네이아스	여신 아프로디테와 트로이인 안키세스의 아들. 헥토르와 함께 트로이를 대표하는 전사다. 트로이 멸망 후 이탈리아로 가서 나라를 세워 로마 건국 시조로 여겨진다. 고대 로마 시인 베르길리우스의 걸작 서사시 『아이네이스』의 주인공이다.
파리스	트로이 왕자. 헥토르의 동생. 헤라, 아테나, 아프로디테 세 여신 중 가장 아름다운 여신을 결정하는 임무를 맡는다. 아프로디테를 선택한 결과 그 대가로 헬레네를 얻으며, 이 사건으로 트로이 전쟁이 발발한다.
프리아모스	트로이 왕. 헥토르와 파리스의 아버지. 여러 부인과의 사이에서 아들 50명과 많은 딸들을 두었다.

크리세이스	아폴론 신전 사제 크리세스의 딸. 아가멤논이 포로로 잡아 사랑한 트로이 여성이다. 아폴론의 분노로 그리스 진영에 전염병이 돌자 그녀를 돌려줘야 재앙이 그칠 것이라는 예언이 내려온다. 아가멤논은 어쩔 수 없이 그녀를 보내준다.
브리세이스	아킬레우스가 포로로 잡아 사랑한 트로이 여성. 아가멤논은 전염병 때문에 크리세이스를 포기한 대신 아킬레우스에게서 브리세이스를 빼앗아 간다. 여기에 분노한 아킬레우스는 트로이 전쟁 참여를 거부한다.

『일리아스』 속 주요 신

중립	제우스	최고의 신. 주신(主神)
	하데스	죽음과 저승(지하세계)의 신
	이리스	전령의 여신
그리스 편	헤라	최고의 여신. 결혼과 가정의 여신. 제우스의 누이이자 아내
	아테나	지혜와 전쟁과 문명의 여신. 제우스의 딸
	포세이돈	바다 · 지진 · 폭풍 · 말의 신. 제우스의 형
	헤르메스 (때로는 중립)	전령의 신. 신들의 사자(使者). 여행자 · 목동 · 상업 · 도둑 · 거짓말쟁이의 신. 부와 행운의 신. 제우스의 아들
	헤파이스토스	기술 · 대장장이 · 장인 · 불의 신. 헤라와 제우스의 아들. 아테나와 아프로디테의 남편
	테티스	바다의 여신. 아킬레우스의 어머니
	프로테우스	바다의 신. 변신과 예언의 신
	히프노스	잠의 신
트로이 편	아폴론	태양 · 예언 · 광명 · 의술 · 궁술 · 음악 · 시의 신. 제우스와 레토의 아들
	아프로디테	미와 사랑의 여신. 제우스 또는 우라노스의 딸. 헤파이스토스 · 아레스 · 포세이돈 · 헤르메스 · 디오니소스의 아내
	아레스 (처음은 그리스 편)	전쟁의 신. 제우스와 헤라의 아들. 아프로디테의 남편
	아르테미스	사냥 · 동물 · 숲 · 처녀성 · 달 · 풍요의 여신. 제우스와 레토의 딸
	에리스	불화의 여신
	레토	티탄족 여신. 제우스의 아내
	스카만데르	강의 신
	포보스 데이모스	공포의 신들. 아레스와 아프로디테의 아들들. 쌍둥이 형제

일리아스 차례

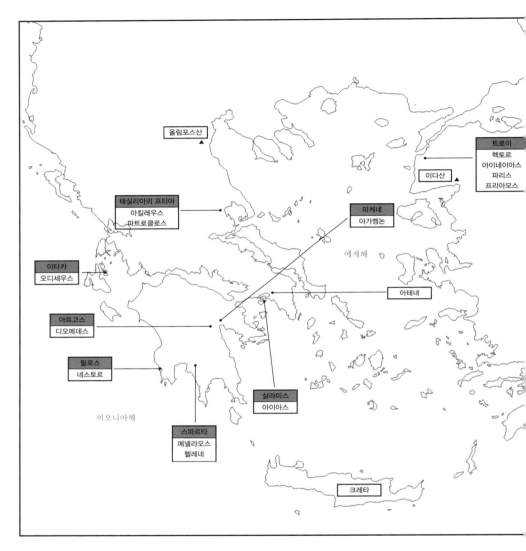

『일리아스』 트로이 전쟁 지도

아킬레우스의 분노와 전투 거부

9일 동안 전염병이 그리스 군대를 휩쓸었다. 미케네와 아르고스의 왕이자 그리스군 총사령관인 아가멤논이 태양신 아폴론의 분노를 샀기 때문이다. 아가멤논이 아폴론의 사제인 크리세스의 딸 크리세이스를 전리품으로 받은 것이 빌미가 되었다. 크리세스가 아가멤논을 찾아와 보답을 하겠으니 딸을 풀어달라고 간청했으나 아가멤논은 듣지 않았다.

그러자 크리세스가 아폴론 신전에서 복수를 간청하는 기도를 아폴론 신에게 드렸다. 자신의 사제에게 불행을 안긴 아가멤논에게 몹시 화가 난 아폴론은 사제의 기도를 들어주었다. 아폴론 신은 그리스 진영에 전염병을 퍼뜨리고 그리스 함대를 향하여 화살을 날렸다. 시신들을 태우는 장작더미가 쉴 없이 타올랐다.

10일째 되는 날, 그리스의 가장 용감한 장군 아킬레우스가 원로들을 회의장에 모으고 그들에게 물었다.

"도대체 우리의 신이 왜 이렇게 노하신 겁니까? 우리가 신의 서약을 지키지 않아서인가요, 아니면 우리의 제물이 부족해서 인가요? 우리는 지금 전쟁 중인데 이러다가는 전쟁에 패해서 가 아니라 신의 노여움으로 패망해 돌아갈 겁니다."

그러자 가장 뛰어난 예언자인 칼카스가 일어나서 말했다.

"제우스가 사랑하시는 아킬레우스여, 제가 그 이유를 말씀드 리겠습니다. 하지만 그 전에 저를 보호해주겠다는 약속을 해주 시길 간청드립니다. 그리스의 모든 백성이 복종해 마지않는 위 대한 분의 분노를 사게 될 것이기 때문입니다."

아킬레우스는 흔쾌히 그러겠다고 약속했다. 그러자 그가 말 했다.

"우리가 아폴론의 서약을 지키지 않아서가 아니랍니다. 아폴 론 사제의 딸을 아가멤논 왕께서 사제에게 돌려주지 않기 때문 이랍니다. 그러니 그 아름다운 눈의 소녀를 사랑하는 아버지에 게 돌려준다면 신께서 노여움을 푸시고 우리의 기도를 들어주 실 것입니다."

그러자 아가멤논이 일어났다. 그의 눈은 분노로 이글거리고 있었다.

"언제나 나쁜 말만 하는 이 못된 예언자야! 내가 크리세이스를 얼마나 총애하는지 모른단 말이냐! 하지만 사정이 그렇다면 내 기꺼이 그녀를 돌려보내겠다. 나는 백성들이 죄 없이 죽는 것을 원하지 않는다. 하지만 조건이 있다. 그녀 대신 내 명예를 지켜줄 다른 선물을 다오. 나만 아무 선물도 못 받는다면 내 명예는 어떻게 지키란 말이냐!"

그러자 아킬레우스가 말했다.

"아트레우스의 아들, 당신은 어쩌면 그토록 탐욕스럽소! 우리 그리스에 그대에게 줄 선물이 어디 남아 있단 말이오! 우리가 획득한 전리품은 이미 다 나눠 가졌는데, 그걸 다시 내놓으라는 건 맞지 않소! 제발 그 여인을 신께 내주시오. 우리가 트로이 성을 함락시키는 날 당신에게 서너 배로 보상을 해줄 테니."

아가멤논이 아킬레우스에게 대답했다.

"아킬레우스, 나를 속일 작정이오? 그래, 당신 선물은 그대로 두고 내 것만 빼앗으려는 거요? 후에 넉넉히 보상을 해준다면 내 기꺼이 받아들이지. 하지만 나중에 딴소리하면 어떻게 될지 두고 보시오. 일단은 바다에 검은 배를 띄우겠소. 크리세이스를 태워서. 그런데 나만 손해 보면 안 되지. 세상에서 가장 무서운 인간 아킬레우스, 그 배에는 당신이 얻은 것도 태워야 할 거요!"

그러자 아킬레우스가 자리에서 벌떡 일어나 그를 노려보며 말했다.

"자기 이익만 챙기는 탐욕스러운 왕 같으니라고! 과연 어떤 그리스 백성이 진심으로 당신에게 복종할 것 같소? 내가 이곳 트로이 전쟁터로 온 것이 과연 무엇 때문이오? 트로이인들은 내 소와 말을 약탈하지도 않았고 내 곡식을 망쳐놓지도 않았지. 내가 이곳에 온 것은 오로지 그대와 그대의 동생 메넬라오스의 복수를 위해서였소. 그런데 내 몫마저 빼앗으려 들다니. 내가 언제 가장 좋은 걸 탐낸 적이 있던가! 내 힘으로 승리를 거두고도 나는 언제나 당신에게 양보를 했소. 나는 늘 보잘것없는 것만 챙겼을 뿐이오. 난 그만 고향으로 돌아가겠소. 여기서 모욕이나 당하면서 당신한테 재물과 명예를 챙겨줄 생각은 전혀 없어."

인간의 왕인 아가멤논이 대답했다.

"갈 테면 가시오, 말리지 않을 테니. 난 제우스께서 직접 키우신 인간들 중에 당신이 가장 싫소. 당신은 언제나 다툼과 전쟁만 좋아할 뿐이지. 하지만 어쩌겠소. 그것도 제우스께서 주신 재능이니. 자, 부하들과 함께 배를 끌고 당신 고향으로 돌아가시오. 당신이 화를 내건 말건 난 신경 쓰지 않소. 하지만 다시 한번 말해두지. 아폴론께서 나의 크리세이스를 앗아가신 대신 나는 당신 막사로 가서 당신이 받은 선물인 그녀 브리세이스를 데려올 것이오. 그래야 내 권위가 살 테니까."

그 말을 들은 아킬레우스는 분노와 수치심에 휩싸였다. 그는 망설였다. 칼을 뽑아 이 인간을 단칼에 베어버릴 것인가, 아니면 화를 누르고 마음을 다잡을 것인가! 하지만 참아내기에는 분노가 너무 컸다.

그가 마침내 칼집에서 칼을 뽑으려는 순간, 아테나 여신이 하늘로부터 내려왔다. 아테나 여신은 그의 금발을 잡아당겼다. 아테나 여신은 그의 눈에만 보였다. 그는 뒤를 돌아보고 깜짝 놀랐다. 여신의 눈이 무섭게 빛나고 있었기 때문이었다. 그가 무슨 일로 오셨냐고 묻자 아테나 여신이 대답했다.

"나는 헤라 여신이 보내서 이곳에 왔다. 헤라 여신께서는 그대들 두 사람을 모두 사랑하니 어서 싸움을 멈추고 칼을 거두어라. 앞으로 무슨 일이 있더라도 칼을 뽑지 말고 말로 해결하도록 하라."

아킬레우스는 명령대로 칼에서 손을 뗐고 여신은 제우스 궁전으로 돌아갔다.

하지만 아킬레우스는 여전히 분이 풀리지 않았다. 그래서 아가멤논에게 악담을 퍼붓기 시작했다.

"이 술주정뱅이에 짐승의 눈과 심장을 가진 자! 한 번도 앞장서서 적과 맞설 용기를 내보지 않은 자! 자기편 진영에서 자기에게 반대하는 사람의 재물이나 빼앗으려 애쓰는 자! 내, 이 제우스 신의 거룩한 홀에 걸고 서약하겠소. 그리스의 모든 아들들이 나 아킬레우스를 그리워할 때가 반드시 오리라는 것을! 그리스 전사들이 헥토르의 손에 쓰러져갈 때 당신은 마음만 괴로울 뿐 그들을 구할 수 없으리란 것을! 그리스인 가운데 가장 훌륭한 사람을 왜 존중하지 않았을까 후회하며 가슴을 후벼 파리라는 것을!"

두 사람이 하도 격렬하게 싸우자 필로스의 왕이자 가장 나이 많은 현자인 네스토르가 그들의 싸움을 말렸다. 아가멤논과 아킬레우스는 마지못해 싸움을 그쳤으나 앞으로 상대방 말은 절대 듣지 않겠다고 으르렁거리며 자리를 박차고 일어났다. 아킬레우스는 죽마고우인 파트로클로스와 병사들을 데리고 자기 막사와 함대가 있는 곳으로 돌아갔다.

아가멤논은 날쌘 검은 배에다 신에게 바칠 제물과 아버지에게 돌려줄 크리세이스를 태웠다. 그런 다음 선원 20명을 선발해 슬기로운 지략가 오디세우스를 지휘자로 삼아서 바다로 출항하게 했다.

한편 아가멤논은 자신이 아킬레우스에게 했던 말을 떠올렸다. 그는 두 전령을 불러 명령했다.

"너희는 지금 당장 아킬레우스의 막사로 가서 브리세이스를 데려와라. 만일 그가 거부하면 내가 직접 병사들을 이끌고 갈 것이다."

전령들은 마지못해 아킬레우스의 막사로 갔다. 그러나 눈치만 볼 뿐 감히 말을 꺼내지 못했다. 그러자 낌새를 챈 아킬레우스가 말했다. 어쨌든 아가멤논은 그리스 연합군의 사령관이니 그의 뜻을 거역할 수는 없었다.

"이리 오게, 두 사람. 잘못은 브리세이스를 데려오라고 그대들을 보낸 아가멤논 왕에게 있지 그대들에게 무슨 잘못이 있겠는가. 파트로클로스, 그녀를 이들에게 넘겨주게나."

파트로클로스는 아킬레우스가 이르는 대로 브리세이스를 막사에서 데리고 나와 전령들에게 내주었다. 소녀는 마지못해 그들을 따라갔고 아킬레우스도 눈물을 흘렸다.

마음에 큰 상처를 입은 아킬레우스는 바닷가로 나가 언덕에 홀로 앉아 한없이 넓은 바다를 바라보며 두 손을 쳐든 채 그의 어머니 바다의 여신 테티스에게 호소했다.

"어머니, 어머니가 저를 인간으로 낳아주셔서 저는 죽을 수밖에 없는 운명을 타고났지요. 그렇다면 올림포스의 천둥의 신 제우스께서 제가 명예만은 지킬 수 있도록 해주셨어야지요. 하지만 제우스께서는 저한테 사소한 명예조차 허락하지 않으시는군요. 아트레우스의 아들 아가멤논이 저를 욕보이고 제 명예로운 선물을 가로채 가도록 내버려두시는군요!"

그가 눈물을 흘리며 호소하자 테티스 여신이 안개처럼 떠올라 울고 있는 아들 앞에 나타났다. 여신은 아들을 다독이며 말했다.

"아들아, 왜 그리 슬피 울고 있느냐? 숨김없이 다 말해보려무나."

그러자 아들이 말했다.

"어머니 정말 모르시나요. 이미 다 알고 계시면서……. 아가멤논이 아폴론 신을 노하게 만들었답니다. 제가 아가멤논에게 신의 분노를 풀어드려야 한다고 간청했지요. 그러자 그는 화를 내며 저를 위협했습니다. 그러고는 크리세이스를 아폴론 신전에 돌려주는 대신 브리세이스를 데려갔지요. 그리스인들이 제게 명예의 선물로 준 그녀를! 어머니, 제발 제우스께 간청해주십시오. 트로이인들을 도와서 그리스인들을 바다 한가운데로 내치도록! 그러면 아가멤논이 자기가 제정신이 아니었다는 것을 깨닫겠지요. 가장 용감한 그리스인을 조금도 귀하게 대하지 않았던 어리석은 자신을 한탄하겠지요."

테티스 여신이 눈물을 흘리며 대답했다.

"아, 내 아들! 너를 낳아 기른 결과가 고작 이런 불행이나 겪게 하는 것이었단 말이냐! 목숨도 얼마 되지 않는 네가 이런 일을 당하다니! 내 눈 덮인 올림포스산으로 가서 제우스께 네 이야기를 하마. 분명 귀 기울여주실 것이다. 그동안 너는 바닷물을 가르며 달리는 너의 배에 머물러 있거라. 아가멤논을 향한 분노를 잊지 말고 전쟁에는 절대 끼어들지 말거라."

테티스는 말을 마친 후 그를 남겨둔 채 하늘로 올라가 올림포스로 향했다.

그사이에 오디세우스가 이끄는 배는 크리세에 무사히 도착해서 크리세이스를 사랑하는 아버지의 품에 안겨주었다. 그러자 크리세이스의 아버지 크리세스는 제단을 차린 후 두 손을 들고 큰 소리로 아폴론 신에게 기도했다.

"크리세를 지켜주시는 태양과 활의 신이시여. 기도드립니다. 전에 신께서는 그리스인들을 곤경에 빠뜨려달라는 제 기도를 들어주셔서 제 명예를 드높여주셨습니다. 이제 다시 한번 제 소원을 간청하오니, 그리스인들을 끔찍한 멸망에서 구해주십시오!"

아폴론 신은 그의 기도를 들어주어 그리스군 진영의 전염병을 끝냈다.

올림포스에 오른 테티스는 크로노스의 아들 제우스를 찾아갔다. 제우스는 올림포스의 가장 높은 산꼭대기 위에 다른 신들과는 떨어져 앉아 있었다. 테티스는 제우스 앞에 앉아 왼손으로는 그의 무릎을 붙잡고 오른손으로는 그의 턱을 어루만지며 간청했다.

"신들의 왕이신 아버지 제우스 님, 제가 그동안 해온 행동이나 말은 모두 당신의 명예를 미리 생각하고 한 것이랍니다. 모두 당신에게 도움이 되기를 바라고 한 행동과 말이랍니다. 그러니 제발 이번에는 제 소원을 이루어주셔서 제 아들의 명예를 높여주세요. 인간의 왕 아가멤논이 제 아들을 모욕하고 그 아이의 명예를 빼앗아 갔습니다. 그러니 올림포스의 제우스 님, 그리스인들이 전보다 더 제 아들을 존중하기 전까지는 그리스인들이 승리하지 못하게 해주세요. 그 전까지는 제발 트로이인들이 승리하도록 해주십시오."

제우스는 무척 난처해하면서 테티스에게 말했다.

"아, 이 무슨 난감한 일이란 말인가! 그대는 나와 내 아내 헤라 사이의 싸움을 부추기고 있소. 헤라가 이 일을 알게 되면 분명 욕을 하면서 내 성질을 돋우겠지. 헤라는 끊임없이 시빗거리를 찾고 있고 게다가 내가 트로이 편을 들고 있다고 나를 비난하고 있어! 어쨌든 이만 물러가구려. 헤라 눈에 띄면 안 되니까. 내가 어떻게든 알아서 잘할 테니. 자, 내가 이렇게 머리를 끄덕이고 있으니 믿어도 되오. 내가 머리를 끄덕여 한 약속은 누구도 되돌릴 수 없고 부인할 수 없으니까."

그 말과 함께 크로노스의 아들 제우스가 검은 눈썹으로 신호를 보내자 신의 머리칼이 출렁거렸고, 거대한 올림포스산이 뒤흔들렸다.

아가멤논의 꿈과 총공격

바다의 여신 테티스가 다녀간 후 제우스는 잠을 이룰 수가 없었다. 과연 그리스인들을 어떤 방법으로 패하게 할 것인지 도무지 묘안이 떠오르지 않았기 때문이다. 그러다가 갑자기 무릎을 탁 쳤다.

"그래, 아가멤논에게 거짓 꿈을 꾸게 하면 되겠다."

제우스는 곧바로 거짓 꿈을 불러서 말했다.

"거짓 꿈아, 어서 그리스의 함대들이 있는 곳으로 가거라. 그리고 아가멤논의 막사에 들어가서 내 말을 전해라. 이제야 말로 트로이인의 도시를 빼앗을 때가 되었으니 즉시 무장하고 전투를 시작하라고 일러라."

제우스의 명을 받은 거짓 꿈은 곧바로 잠들어 있는 아가멤논의 머리맡에 도착했다. 그리고 그에게 말했다.

"아가멤논이여, 잠자고 있나요. 나는 제우스의 전령이니 내가 전하는 그분의 말씀을 따르도록 해요. 그분은 이렇게 말씀하셨습니다. '나는 밤낮 그대를 위해 걱정이 많거늘 그대는 이렇게 잠만 자고 있는가! 자, 이제 때가 되었다. 가서 트로이를 정복하라. 올림포스의 신들이 모두 그리스의 승리를 바라는 헤라의 간청을 받아들였다. 신들이 모두 동의했으니 이제 가서 트로이를 정복하라.'"

거짓 꿈이 떠나가자 잠에서 깨어난 아가멤논의 머릿속에 꿈이 남긴 말이 떠돌았다. 그의 눈에는 프리아모스 왕이 다스리는 트로이를 정복하는 광경이 떠올랐다. 어리석은 아가멤논! 그는 제우스가 무슨 일을 꾸미고 있는지 몰랐다. 제우스는 트로이인들과 그리스인들에게 아직 더 많은 고통과 신음을 안기려 하고 있었다. 그는 순진하게도 이루어질 수 없는 거짓 꿈을 믿어버린 것이다.

아가멤논은 자리에서 일어나 갓 지은 보들보들하고 화려한 윗옷을 입고 외투를 걸쳤다. 이어서 멋진 신발을 신고 어깨에 은장식이 된 칼을 걸머멨다. 그리고 조상 대대로 내려온 신성한 홀을 손에 들고 그리스 함대들 쪽으로 향했다. 새벽의 여신이 제우스와 여러 신들에게 새날이 왔음을 알리기 위해 올림포스산꼭대기로 향하고 있었다. 아가멤논은 회의 소집을 전하라고 전령들에게 명령했다.

이윽고 원로들이 모두 모이자 아가멤논은 꿈에서 들은 제우스의 말씀을 전한 후 힘차게 외쳤다.

"자, 이제 때가 되었소. 우리 용감한 그리스인들이여, 모두 힘을 합쳐 트로이로 진격합시다!"

그러자 원로 중의 원로인 필로스의 왕 네스토르가 일어나서 말을 받았다.

"아가멤논 왕이 아닌 다른 누군가가 그런 꿈을 꾸었다면 거짓일 수도 있소. 하지만 신의 총애를 받는 가장 위대한 그리스인의 꿈을 어떻게 우리가 안 믿을 수 있겠소."

모든 원로들이 그의 의견에 동의했고, 곧바로 트로이 성으로 쳐들어가기로 결정했다.

아가멤논이 꿈을 꾸었다는 이야기가 전해지자 모든 사람들이 떼 지어 회의장으로 몰려왔다. 제우스 신의 사자가 직접 찾아와서 말씀을 전했다는 이야기에 그들은 모두 고무되었다. 모여든 사람들이 너무 큰 함성을 질러대는 통에 전령들이 여기저기 뛰어다니며 그들을 진정시켜야만 할 정도였다. 이윽고 소동이 가라앉자 아가멤논이 그들 앞에 서서 말했다. 그러나 아가멤논의 말을 들은 그들은 자신의 귀를 의심해야만 했다.

"친애하는 그리스의 백성들이여, 영웅들이여! 아, 제우스께서 어찌 이렇게 매정하실 수가 있는지. 그분께서 나를 큰 혼란에 빠뜨리셨습니다. 전에는 트로이 성을 무너뜨리고 승전가를 부르며 귀향하게 해주마 약속하시더니, 이제는 아무 명예도 얻지 못한 채 고향으로 되돌아가라 하십니다. 우리가 저들보다 아홉 배나 많고 열 배나 용감한데 9년 동안의 전쟁 끝에 아무 성과 없이 돌아가야 하다니! 우리 모두 후대에 두고두고 웃음거리가 되게 생겼습니다. 하지만 기나긴 전쟁 끝에 지금 우리의 배는 낡고 밧줄은 썩어버렸습니다. 더욱이 제우스 신의 깊으신 뜻을 우리는 헤아려야 합니다. 이제 다 함께 배를 타고 사랑하는 우리 아내와 자식들이 기다리는 고향으로 돌아갑시다."

사람들 사이에 웅성웅성 소란이 일었다. 원로들이 어떤 결정을 했는지 알 수 없었던 그들은 고향 생각에 마음이 흔들릴 수밖에 없었다. 그리스군은 모두 배로 돌아가 귀향 준비를 서둘렀다.

아가멤논이 사실과 다른 이런 이야기를 한 것은 그리스 병사들을 시험하기 위해서였다. 각지에서 모여든 용사들 중 과연 누가 진정으로 싸울 용기를 가진 전사인지, 틈만 나면 고향으로 돌아갈 생각이나 하는 거짓 전사인지 가리기 위한 시험이었다.

그리스 병사들이 서둘러 귀환 준비를 하고 있는 광경을 제우스의 아내 헤라 여신이 올림포스산 높은 곳에서 지켜보고 있었다. 헤라가 옆에 있던 지혜와 전쟁의 여신 아테나에게 말했다.

"저런, 그리스인들이 자기네 자랑거리인 헬레네를 버려둔 채 고향 땅으로 달아나다니! 수많은 그리스인들이 그 먼 바다를 노 저어와 그토록 많은 피를 흘린 건 바로 그녀 때문 아니었나요? 아테나여, 어서 가서 그들을 말려요."

아테나는 헤라의 말이 끝나자마자 귀환 준비를 하고 있는 그리스 함대들이 정박한 곳으로 갔다. 그리고 그곳에서 오디세우스를 발견했다. 여신은 오디세우스에게 말했다.

"슬기로운 오디세우스, 그대들은 정말 그리스의 자랑인 헬레네를 트로이인 손에 남겨둔 채 고향으로 돌아가려 하느냐! 즉시 그리스 용사들에게 가서 그들을 붙들어라."

여신의 말에 용기를 얻은 오디세우스는 여기저기 돌아다니며 겁쟁이 짓 하지 말라고, 아가멤논이 그들을 시험하고 있을 뿐이라고 병사들을 어르고 달랬다. 그리고 아가멤논에게 불만을 품고 험담을 하는 자들은 여지없이 혼을 내주었다. 그러고는 아가멤논을 비롯해 모든 사람들을 모으고 열변을 토했다.

"왕이시여, 모든 이들이 당신을 치욕스러운 인간으로 만들려 하고 있습니다. 다들 자신들이 이곳에 올 때 했던 맹세를 잊어버렸습니다. 저 트로이의 굳건한 성곽을 무너뜨리기 전까지는 결코 고향으로 돌아가지 않겠다고 다짐했건만 마치 어린아이나 연약한 여인네들처럼 집으로 돌아갈 궁리만 하고 있습니다. 벌써 고향을 떠나온 지 9년이 되었으니 그럴 만도 하지요. 하지만 그렇게 오랜 세월이 흐른 후 이제 빈손으로 돌아간다면 얼마나 부끄러운 일이겠습니까! 자, 친구들, 용기를 냅시다. 우리에게는 아직 시간이 있습니다. 우리의 예언자 칼카스가 10년 안에 우리가 트로이를 정복할 것이라고 예언하지 않았습니까!"

그가 말을 마치자 그리스 군사들이 내지르는 환호성이 사방을 뒤흔들었다. 그리고 함대에서는 거기에 화답하여 뱃고동 소리가 울려 퍼졌다. 마침내 아가멤논 왕이 손에 홀을 들고 일어나 말했다.

"오디세우스, 그대처럼 지혜롭고 용맹스러운 전사가 우리에게 10명만 더 있다면 좋았을 텐데! 여러분, 나는 어리석게도 어린 처녀 한 명 때문에 우리의 위대한 전사 아킬레우스와 싸움을 하고 말았소. 우리가 한마음 한뜻으로 뭉칠 수만 있다면 저 트로이인들이 멸망할 날은 단 하루도 미루어지지 않을 것이오! 하지만 이미 엎질러진 물, 그대들은 이제 모두 돌아가 배불리 식사를 하시오. 모두들 창을 날카롭게 갈고 방패를 잘 손질해두시오. 말에게 충분히 먹이를 주고 전차를 잘 정비해놓으시오. 이제 곧 전쟁이 시작될 것이며 밤이 되어 전투를 중단하기 전까지는 사생결단의 격전을 치르게 될 것이니!"

아가멤논 왕이 말을 마치자 커다란 함성 소리가 하늘을 찌를 듯했다. 병사들은 일어나서 함선들 사이로 급히 흩어졌고 막사에 불을 피워 식사를 하면서 기운을 북돋았다. 이윽고 아가멤논이 전령들을 보내어 군사를 소집하자 그리스 각 지역을 대표하는 전사들이 구름같이 모여들었다. 그리스의 각 부족 왕들이 병사들 사이를 바삐 오가며 그들을 정렬시켰다.

그 무리 가운데는 순금으로 된 술 장식이 100개나 달려 있는 불멸의 방패를 든 아테나 여신이 있었다. 여신은 방패를 손에 들고 동에 번쩍 서에 번쩍 그리스 전사들 사이를 누비고 다니며 전의를 불태우게 만들어주었다. 그러자 그리스 전사들 마음속에서 마법이 펼쳐졌다. 그들은 이제 배를 타고 고향으로 돌아가는 것보다 전쟁을 벌이는 것이 더 바람직한 일로 여겨졌고, 방금까지 고향으로 돌아갈 마음을 먹었다는 사실은 새까맣게 잊어버렸다.

얼마 후 수많은 전함, 수많은 막사, 헤아릴 수 없이 많은 병사가 스카만드로스 평원을 가득 채웠다. 그들이 모두 트로이 성을 향해 나아가자 병사들과 말들의 발 아래로 마치 지축이 흔들릴 것만 같은 굉음이 울려 퍼졌다.

하지만 그리스의 가장 용맹스러운 장군 아킬레우스는 꼼짝도 하지 않았다. 그는 여전히 아가멤논에게 원한을 품은 채 바다를 여행하는 여행객처럼 자기 배 위에 한가롭게 누워 있었다. 그의 병사들도 파도가 부서지는 바닷가에서 원반던지기와 활쏘기를 하며 놀고 있었으며 말들도 한가롭게 풀을 뜯고 있었다.

그리스군의 진격 정보를 접한 트로이에서도 재빨리 군대가 소집되었다. 얼마 후 성곽의 문들이 모두 활짝 열렸다. 그리고 그 문들로부터 병사들과 전차들이 요란한 소리를 내며 밖으로 쏟아져 나왔다.

파리스와 메넬라오스의 결투

서로 진군해 온 두 군대가 전장에서 맞닥뜨리자 파리스가 트로이군의 선봉에 나섰다. 파리스는 어깨에 표범 가죽을 두르고 활과 칼을 멘 채 청동 창날이 번쩍이는 창 두 자루를 양손에 잡고 휘두르며 그리스 진영을 향해 외쳤다.

"누가 나와 일대일로 겨뤄볼 테냐? 목숨을 걸고 싸워볼 자가 있으면 나와라!"

파리스가 앞으로 뛰쳐나와 결투를 신청하는 모습을 보고 가장 기뻐한 사람은 메넬라오스였다. 자기 형 아가멤논 왕이 각지에서 그리스군을 소집하여 이 먼 길을 떠나온 것도, 이 힘든 전쟁을 9년이나 계속하면서 결코 그리스로 돌아가지 않은 것도 바로 저 파리스 때문이 아닌가! 이 세상에서 가장 잘생겼다는 파리스가 자신의 아내, 이 세상 누구보다 아름다운 헬레네를 유혹해서 가로채 갔기 때문이 아닌가! 그는 원수를 자기 손으로 해치울 수 있게 되었다는 생각에 너무나 설레었다. 메넬라오스는 무기를 들고 재빨리 전차에서 땅바닥으로 훌쩍 뛰어내렸다.

그러나 의기양양하게 앞으로 나서 큰소리를 쳐댔던 파리스는 정작 메넬라오스가 당당한 걸음으로 자신을 노려보며 다가서자 그만 머리카락이 쭈뼛 서고 식은땀이 절로 났다. 그는 겁을 집어먹고는 병사들 속으로 파고들어 숨어버렸다. 마치 깊은 산속에서 홀로 무시무시한 뱀과 마주친 듯 얼굴이 새파랗게 질린 채 온몸을 덜덜 떨어댔다.

그 모습을 본 그의 형 헥토르가 기가 막혀 나무랐다.

"대체 뭐 하는 짓이냐, 파리스! 이 비겁한 놈! 미끈한 얼굴로 여자 꽁무니만 잘도 쫓아다니지. 차라리 태어나지나 말던지! 여자를 얻기 전에 죽어버려야 했어! 네 꼬락서니를 보고 그리스인들이 얼마나 비웃을까. 그런 깜냥으로 감히 그 먼 외국에 가서 메넬라오스의 아내를 유혹해 와? 그 따위 배짱으로 아버지와 나라 사람들에게 이런 말 못할 고통을 안겨? 어서 메넬라오스와 맞서지 못해!"

그러자 겨우 정신을 차린 파리스가 대답했다.

"형님 말이 모두 옳습니다. 형님은 더없이 용감한 사람이지요. 저한테는 형님과 같은 용기가 없습니다. 하지만 제가 정말로 결투에 나서기를 바란다면 그렇게 하겠습니다. 대신 트로이인과 그리스인 모두 앉아서 구경만 하고 저와 메넬라오스가 헬레네와 그녀의 모든 보물을 걸고 일대일로 겨루도록 해주세요. 그리고 거기서 이기는 쪽이 보물과 헬레네를 다 차지하는 것으로 이 전쟁을 끝내도록 해주십시오. 누가 이기든 트로이와 그리스 사이에 조약을 맺어 우리는 이 풍요로운 땅에서 평화롭게 살고 그리스인들은 자기네 고향으로 돌아가게 해주십시오."

그 말을 들은 헥토르는 몹시 흡족해했다. 그는 돌진하려는 트로이 병사들을 가로막은 후 모두 땅에 앉혔다. 그리고 맨 앞으로 나섰다. 그러자 그리스 병사들이 그에게 활을 쏘고 돌을 던졌다. 그때 아가멤논이 큰 소리로 외쳤다.

"중지, 그리스 용사들아! 헥토르가 무슨 할 말이 있는 모양이니 한번 들어보자!"

상황이 정리되자 헥토르가 입을 열었다.

"그리스인들이여, 내 말에 주목해주시오. 이 전쟁을 일으킨 장본인인 내 동생 파리스가 제안을 내놨소. 모두가 지켜보는

가운데 헬레네와 그녀의 보물을 몽땅 걸고 메넬라오스와 단둘이 결투를 하겠다 하오. 그러니 어느 쪽이든 이 결투에서 이기는 사람이 보물과 그녀를 차지하게 하고 우리는 이제부터 서로 적이 아니라 친구가 되어 사이좋게 지내자는 조약을 맺기로 합시다."

헥토르의 갑작스러운 제안에 모두들 어떤 반응을 보여야 할지 몰라 침묵을 지키고 있었다. 그때 당사자인 메넬라오스가 나섰다.

"좋소. 내 마음이 너무 힘들지만 그 제안을 받아들이겠소. 저 파리스와 나 때문에 양쪽 다 이 지긋지긋한 전쟁을 못 끝내고 있는 것 아니오. 둘 가운데 죽을 운명을 맞이하는 사람이 누가 될지는 모르겠지만 그 운명을 따르게 합시다. 대신 여러분은 지금 즉시 자기편 진영으로 물러나주시오. 그리고 나중에 감히 이 약속을 깨려는 자가 나오지 않도록 제우스 신 앞에 양을 제물로 바치는 의식을 함께 치르도록 합시다. 또한 이 조약이 확실히 맺어졌음을 책임질 수 있게 트로이 쪽에서는 프리아모스 왕께서 직접 제물을 바쳐주시면 좋겠소."

메넬라오스가 헥토르의 제안을 받아들이자 양 진영 사람들이 모두 기뻐했다. 다들 투구를 벗고 무기를 내려놓고 의식을 치를 준비를 했다. 헥토르도 제물로 바칠 양과 포도주 등을 준비하는 한편 아버지 프리아모스 왕에게 소식을 전했다. 프리아모스 왕은 한달음에 달려왔다.

전장에서 그런 일이 벌어지는 사이, 전령의 여신 이리스가 헬레네에게 갔다. 이리스는 헬레네의 시누이인 라오디케의 모습으로 변신한 채 헬레네에게 말했다.

"언니, 이리 와서 우리 트로이 사람들과 그리스 사람들이 무슨 짓을 하는지 좀 봐요. 글쎄 다들 무기를 내려놓은 채 파리스와 메넬라오스 단둘이서 목숨 걸고 결투를 벌인대요. 그리고 이기는 쪽이 언니를 차지할 거래요."

이리스는 헬레네의 마음속에 전남편과 떠나온 도시, 부모님에 대한 그리움을 불러일으킬 속셈이었다. 헬레네는 눈물을 흘리며 두 시녀와 함께 전쟁터가 내려다보이는 트로이 성문 위로 갔다. 그녀가 성문 높은 곳에 모습을 드러내자 그곳에 있던 원로들은 나지막이 탄식했다.

"휴, 왜 우리 트로이인들과 저 그리스인들이 이런 괴로운 싸움에 말려들었는지 저 모습을 보면 충분히 이해가 가고도 남아. 여신인들 저렇게 아름다울 수 있을까! 하지만 아무리 아름답더라도 떠나보내야 할 거야. 저런 아름다운 여인이 이곳에 남아 있다가는 또 다른 재앙을 불러올 게 뻔해."

제물을 바칠 준비가 끝나자 트로이의 왕 프리아모스는 전차에 몸을 실었다. 그리고 성문을 지나 들판에 이르렀다. 그러자 아가멤논 왕이 자리에서 일어나 그를 맞이했다. 의식이 시작되었다. 아가멤논이 먼저 일어나서 말했다.

"이 세상을 다스리시는 가장 위대하신 아버지 제우스시여. 모든 것을 지켜보고 모든 일을 듣는 태양이시여. 바다의 신들과 대지의 여신이시여. 또 지하에서 죽은 자를 벌하는 신이시여. 모두 이 조약의 증인이 되어 맹세가 지켜지도록 해주십시오. 만일 파리스가 메넬라오스를 죽이면 그가 헬레네와 그녀의 보물을 다 차지하게 하소서. 그리고 우리는 바로 고향으로 돌아가겠습니다. 만일 메넬라오스가 파리스를 죽이면 헬레네와 그녀의 보물을 다 그에게 돌려주고 지금까지 우리가 입은 피해에 대한 보상을 받게 해주십시오. 하지만 파리스가 쓰러졌는데도 프리아모스와 그의 아들들이 조약을 위반한다면 저는 야비한 짓을 벌하기 위해 끝까지 싸울 것입니다!"

의식을 모두 마친 후 트로이의 왕 프리아모스는 사랑하는 아들이 메넬라오스와 싸우는 모습을 차마 볼 수 없다며 트로이 성으로 되돌아갔다.

드디어 싸움이 시작되었다. 제비뽑기 결과 우선권을 쥐게 된 파리스가 먼저 메넬라오스의 가슴을 향해 긴 창을 던졌다. 하지만 창은 방패에 막혀 날이 휘어버렸다. 이번에는 메넬라오스 차례였다. 그는 제우스에게 마음속으로 기도를 올렸다.

"신이시여, 제게 먼저 잘못을 저지른 파리스를 응징하게 하소서. 후세 사람들에게 친절을 베푼 사람한테 배은망덕한 짓을 저지르면 안 된다는 본보기가 되게 하소서!"

그러고는 파리스를 향해 긴 창을 힘껏 던졌다. 메넬라오스가 던진 창은 파리스의 방패를 뚫은 뒤 그의 옆구리를 스치고 지나가며 옷을 찢었다. 파리스는 몸을 틀어 겨우 죽음의 운명을 피할 수 있었다.

그러자 메넬라오스는 칼을 뽑아 파리스의 투구를 내리쳤다. 하지만 파리스의 머리로 파고들기 전에 칼이 네 동강으로 부러져버렸다. 그는 파리스에게 달려들어 투구머리 장식을 거머쥐고는 자기 진영으로 끌고 갔다. 파리스는 투구 끈에 목이 조여 질질 끌려가는 수밖에 없었다. 이제 곧 메넬라오스가 모든 영광을 차지하려는 참이었다. 아, 그러나 인간의 운명이란 인간의 힘으로 어쩔 수 없는 것! 운명은 어차피 신의 손에 달린 것!

싸움을 지켜보던 사랑의 여신 아프로디테가 파리스의 투구 끈을 끊어버렸다. 메넬라오스는 투구를 집어 던지고는 청동 창으로 파리스를 찌르기 위해 다시 덤벼들었다. 순간 아프로디테가 파리스를 낚아챘다. 그런 뒤 자욱한 안개를 피워 올려 보호한 채 파리스를 그의 방으로 데려가 침대에 눕혔다. 그 길로 아프로디테는 헬레네가 잘 아는 노파의 모습으로 변신해 헬레네를 찾아갔다. 노파로 변신한 아프로디테가 헬레네에게 말했다.

"파리스가 지금 자기 집에서 당신을 기다리고 있어요. 침대에 누워 휴식을 취하고 있는데 얼굴도 그렇고 옷도 그렇고 너무 황홀해서 눈이 멀 거 같더군요. 결투를 벌이던 사람이 아니라 막 춤추러 나가려던 참이거나 방금 춤을 끝내고 자리로 돌아온 사람 같았어요."

하지만 헬레네는 그녀가 아프로디테 여신임을 바로 알아보았다. 더없이 아름다운 목과 가슴, 그리고 반짝이는 두 눈을 감출 수가 없었기 때문이었다. 헬레네가 말했다.

"아, 여신님. 왜 저를 유혹하시나요? 메넬라오스가 파리스를 이기고 저를 고향으로 데려가려니까 저한테 오신 거죠? 그래서 계략을 꾸미신 거죠? 파리스가 그렇게 마음에 든다면 여신님이 올림포스산에서 내려와 파리스한테 가세요. 그를 위로 해주고 그를 보살펴주세요. 그의 곁에서 지내다 보면 여신님이 그 사람 아내나 여종이 되지 말란 법도 없잖아요. 저는 절대 그 사람 곁으로 돌아가지 않을 거예요. 약속을 어기는 건 너무 부끄러운 일이니까요."

그녀의 말에 아프로디테가 불같이 노해서 소리쳤다.

"나를 화나게 만들지 마, 이 시건방진 여자야! 내가 한번 화나면 트로이인이건 그리스인이건 가리지 않고 몽땅 미워할 거니까. 그들 모두를 파멸시켜버릴 테니까! 그러니 어서 내 말 들어!"

아프로디테의 끔찍한 분노에 헬레네는 겁에 질려 명령대로 할 수밖에 없었다. 그녀는 여신을 따라 파리스의 집으로 갔다. 파리스의 방에 도착하자 여신이 직접 의자를 들고 와 파리스 맞은편에 놓았다. 헬레네는 그 의자에 앉아 파리스에게 비난을 퍼부었다.

"결투를 한다더니 언제 돌아왔나요? 당신은 그 자리에서 내 전남편한테 죽어버렸어야 했어요! 자기가 훨씬 강하다고 그렇게 떠벌이더니! 다시 나가서 그 사람이랑 싸워요. 그렇지만 굳이 그러라고 하고 싶은 생각은 안 드네요. 싸우자마자 그 사람 창에 꿰뚫려 죽고 말 거니까."

그러자 파리스가 대답했다.

"아, 헬레네. 제발 그런 모진 말 하지 말아요. 가슴이 찢어질 것 같으니까. 메넬라오스가 이긴 건 전쟁의 여신 아테나가 도와주었기 때문일 뿐이야. 다시 싸우면 반드시 내가 이겨요. 우리 역시 보살펴주는 신이 계시잖아. 헬레네, 자, 이제 결투 따위는 신경 쓰지 말고 이리 와요. 당신이 너무 사랑스러워 견딜 수가 없어."

헬레네는 하는 수 없이 파리스 손에 이끌려 그의 품에 안겼다.

한편 메넬라오스는 파리스를 찾으려고 씩씩거리며 온 전쟁터를 샅샅이 뒤졌다. 하지만 파리스를 보았다는 사람은 한 명도 없었다. 파리스는 그리스인뿐 아니라 트로이인에게도 비겁자로 낙인찍혔기 때문에 누구든 그를 봤다면 감춰주려 하지 않았을 것이다. 아프로디테 여신의 도움이 없었다면 그는 어김없이 목숨을 잃고 말았을 것이다!

마침내 아가멤논이 선언했다.

"트로이인과 그리스 동맹군이여! 모두 내 말을 들으시오! 다들 보았듯이 승리는 메넬라오스의 것이오! 트로이는 즉시 헬레네와 그녀의 보물을 돌려주시오! 그리고 우리에게 보상금을 내놓으시오!"

아가멤논의 말에 그리스 동맹군은 환호로 답했고 트로이군은 침묵했다. 조약을 맺은 이상 트로이로서는 어쩔 도리가 없었다.

약속은 깨지고 새로운 싸움이 시작되다

제우스와 올림포스의 신들이 모여 회의를 하는 중이었다. 그들은 신성한 술을 마시며 트로이시를 내려다보고 있었다. 제우스가 입을 열었다. 일부러 부인인 헤라의 화를 돋우려는 것 같았다.

"메넬라오스도 뒤에서 후원해주는 두 여신이 있지. 바로 헤라와 아테나 당신들 말이오. 그런데 당신들은 멀찍이 앉아서 그저 구경만 하고 있군. 아프로디테는 저렇게 열심히 파리스를 도와주고 있는데……. 죽을 뻔한 그를 구해주었잖소. 분명 메넬라오스가 승리를 해서 죽음을 눈앞에 두었었는데. 자, 의논들 해봅시다. 다시 무시무시한 전쟁을 일으킬까, 아니면 그만 화해를 하게 할까? 여러분이 모두 찬성한다면 트로이는 그냥 평화롭게 살게 내버려두고 메넬라오스가 헬레네를 데려가게 하고 싶은데."

그러자 아테나와 헤라가 투덜거렸다. 파리스에게 끝까지 복수를 하고 싶었던 두 여신은 어떻게 하면 트로이를 무너뜨릴지 골몰하고 있던 참이었다. 헤라가 분을 이기지 못하고 제우스에게 말했다.

"제우스 님, 지금 그게 무슨 말씀이세요? 프리아모스와 그의 자식들을 불행에 빠뜨리려고 제가 얼마나 애를 썼는데요! 말이 힘겨워 거품을 물 정도로 몰고 다니며 힘들게 군사를 모아 일으켰는데, 그동안의 내 모든 노력과 땀을 헛수고로 만들 작정이세요?"

그러자 제우스가 짐짓 역정을 내며 말했다.

"그대야말로 정말 이상하구려. 파리스에게 화가 나는 건 그렇다 치고 대체 프리아모스의 자식들과 트로이인들이 당신한테 무슨 잘못을 했다고 그러는 거요? 도대체 무슨 이유로 기어코 그들을 멸망시키려는 거요? 그들까지 싸잡아 없애버려야 속이 시원하겠소! 좋을 대로 하구려. 그러나 이 말은 꼭 명심해요. 당신의 사랑을 받는 인간들이 살고 있는 도시를 내가 파괴하게 되더라도 나중에 이러쿵저러쿵하지 말아요! 나도 당신 일에 참견 안 할 테니 당신도 내가 하는 일에 참견 말라는 소리요."

그러자 헤라가 대답했다.

"마음대로 하세요. 제가 말려봤자 무슨 소용 있겠어요. 당신이 가장 높은 신이니. 그래요, 양보할게요. 대신 어서 아테나에게 명령하세요. 트로이인들이 먼저 약속을 깨게 만드세요. 그들이 승리에 도취해 있는 아가멤논의 군대를 공격하게 만들라고 하세요."

사실 헤라는 양보한 것이 아니었다. 헤라와 아테나는 트로이가 조약을 깨고 먼저 그리스를 공격하면 그리스가 반격하여 트로이를 멸망시키기를 바라고 있었던 것이다. 헤라가 무엇보다 원하지 않은 것은 이 상태에서 전쟁이 흐지부지 끝나는 것이었다.

제우스는 즉시 아테나에게 명했다.

"어서 전장으로 가라. 가서 트로이인들을 부추겨, 먼저 조약을 어기고 승리를 자축하고 있는 아가멤논의 병사들을 공격하도록 만들어라."

제우스의 입에서 마음속으로 간절히 바라던 명령이 떨어지자 전쟁의 여신 아테나는 단숨에 트로이 진영으로 달려갔다. 여신은 트로이 장로 안테노르의 아들인 라오도코스의 모습으로 변신하여 트로이 전사 판다로스를 찾아가 말했다.

"판다로스, 내 말을 들어보시오. 만일 당신이 용기를 내어 메넬라오스에게 화살을 날린다면 모든 트로이인에게 칭송을 들을 겁니다. 특히 파리스 왕자께서 큰 상과 영광을 내릴 겁니다. 자, 그러니 어서 메넬라오스에게 화살을 날리십시오!"

그렇게 아테나 여신이 판다로스를 부추기자 그는 즉시 활집에서 활을 꺼냈다. 그러고는 메넬라오스를 겨냥해서 화살을 날렸다. 그는 어리석긴 해도 아폴론 신이 직접 활을 주었을 만큼 활솜씨는 일품이었다. 메넬라오스는 이제 목숨을 잃을 판이었다.

하지만 메넬라오스를 향해 정통으로 날아가던 화살은 그의 앞에 이르자 살짝 방향이 틀어졌다. 그러고는 두터운 갑옷으로 보호된 부위를 맞혔다. 화살은 갑옷은 꿰뚫었지만 메넬라오스의 몸까지 꿰뚫지는 못하고 상처만 입혔다. 화살을 날리라고 부추긴 아테나 여신이 메넬라오스를 보호해주었던 것이다.

화살이 꽂힌 메넬라오스의 몸에서는 검은 피가 솟아나와 온몸이 피로 물들었다. 아가멤논은 분노로 치를 떨었고 메넬라오스 역시 분노가 치솟았다. 그리고 그 분노는 모든 그리스 병사들에게로 퍼져나갔다. 아가멤논이 분노에 가득 차서 말했다.

"사랑하는 동생아! 내가 어리석었다. 저 간사한 트로이인들을 믿고 조약을 맺다니! 저 간사한 트로이인들을 믿고 너 홀로 싸움터에 내보내다니! 내 어리석음이 너를 이토록 크게 다치게 했구나! 신께 제물을 바치며 맹세한 것을 저자들이 깨버렸으니 신께서도 저자들을 가만두지 않으실 것이다! 내가 복수를 하더라도 신께서 우리를 도와주실 것이다!"

말을 마친 아가멤논은 그리스 연합군 사이를 돌아다니며 열렬히 병사들의 투지를 일깨웠다. 전의에 넘치는 그리스군 병사들 앞에 가서는 이렇게 외쳤다.

"우리의 아버지 제우스께서는 결코 트로이인들을 돕지 않을 것이다. 그들의 살은 독수리 밥이 될 것이며 그들의 사랑하는 아내와 자식들은 우리 배에 실리게 될 것이다."

또한 이 지겹고 긴 전쟁에서 이제 그만 물러나고 싶은 모습을 보이는 그리스군 병사들 앞에 가서는 이렇게 꾸짖었다.

"숨어서 놀이 삼아 화살이나 날리는 그리스 전사들이여, 부끄럽지 않은가! 그대들은 트로이인들이 우리 코앞에 나타날 때까지 기다리고만 있을 것인가! 그때가 되어서야 허겁지겁 제우스께 우리를 도와주시라고 기도만 하고 있을 것인가!"

아가멤논이 직접 돌아다니며 싸움을 독려하고 사기를 북돋우자 얼마 지나지 않아 그리스 연합군은 전쟁터로 구름처럼 몰려나왔다. 그러고는 트로이 진영을 향해 성난 파도처럼 진격했다.

드디어 싸움이 벌어졌다. 청동 무기로 무장한 병사들의 창과 칼이 서로 부딪치는 소리가 날카롭게 울려 퍼졌고 죽는 자의 신음 소리와 죽이는 자의 환호성이 동시에 터져 나왔으며 대지에는 피가 내를 이루었다. 그리스군 선봉에서는 안틸로코스와 아이아스와 오디세우스가 앞다투어 적장들을 차례차례 창으로 쓰러뜨렸다. 그리스 병사들은 점점 더 앞으로 나아갔고 트로이 병사들은 점점 더 뒤로 밀렸다.

싸움을 내려다보고 있던 아폴론 신이 화가 나서 트로이인들에게 소리쳤다.

"일어나라, 트로이인들아! 그리스인들은 돌이나 쇠로 된 살을 가졌느냐! 용기를 내라! 더욱이 저 사나운 아킬레우스는 싸움에 나서지도 않고 구경만 하고 있지 않은가! 도대체 무엇을 그리 겁낸단 말이냐!"

아폴론 신의 독려에 용기를 얻은 트로이군이 반격에 나섰고 다시 전쟁터는 격렬한 싸움과 고통스러운 비명의 소용돌이에 휩싸였다.

용감한 디오메데스

전투가 혼전으로 치달았을 때 가장 큰 공적을 세운 그리스 장군은 디오메데스였다. 전쟁의 여신 아테나가 그의 옆에서 그에게 용기를 주고 보호해주었기 때문이었다. 여신은 그의 갑옷과 무기에서 불꽃이 타오르게 한 후 싸움터 한가운데로 그를 내보냈다.

디오메데스는 적장들을 눈에 보이는 대로 찌르고 베면서 전쟁터를 누비고 다녔다. 그가 용감히 앞장서서 적장들을 베자 다른 그리스 장군들도 용기백배하여 싸움터를 누볐다. 그리스 장군들의 창과 칼에 수많은 트로이 장군들과 군사들이 희생되었다. 하지만 그중에서도 디오메데스의 모습이 단연 눈에 띄었다. 아군 진영과 적군 진영을 하도 종횡무진으로 헤집고 다녀서 도대체 그가 그리스 장군인지 트로이 장군인지 분간할 수 없을 정도였다. 그가 전장을 휩쓸고 다니는 모습은 마치 홍수에 불어난 강물이 제방을 무너뜨리는 것과 같았다.

그때 메넬라오스에게 활을 쏘았던 판다로스가 디오메데스를 향해 화살을 날렸다. 화살은 디오메데스의 어깨를 맞혔다. 그러자 판다로스는 의기양양해서 트로이 병사들에게 외쳤다.

"자, 일어나라, 트로이 병사들이여! 내가 화살로 가장 난폭한 자를 맞혔다! 아폴론 신께서 나를 이리로 보내셨으니 그는 결코 살아남지 못할 것이다!"

화살을 맞은 디오메데스는 옆에 있던 부하에게 화살을 뽑으라고 명령했다. 부하가 화살을 뽑아내자 피가 솟구쳤다. 그는 흐르는 피를 닦을 생각도 않은 채 아테나 여신을 향해 기도했다.

"제우스의 딸, 결코 물러서지 않는 전쟁의 여신 아테나여! 제 기도를 들어주십시오! 몰래 몸을 숨긴 채 화살을 날리곤 제가 곧 더 이상 빛나는 태양을 볼 수 없게 될 거라고 뻐기는 저 비겁한 자를 제 창끝 앞에 서게 해주십시오. 그래서 저자의 숨통을 단숨에 끊어버리게 해주십시오!"

그의 기도를 들은 아테나 여신이 그의 몸을 금세 가뿐하게 만들어주었다. 그리고 그에게 말했다.

"디오메데스, 이제 용감하게 트로이인들을 물리쳐라. 위대한 전사인 그대 아버지 티데우스의 용기를 그대 가슴속에 심어주었다! 또한 신과 인간을 쉽게 분간할 수 있도록 그대의 눈을 밝게 해주었다! 신과는 절대 싸우지 마라! 단 전장에서 아프로디테와 마주치거든 창을 들어 찔러버려라!"

이에 용기백배한 디오메데스는 성난 사자처럼 선봉에 나섰다. 목동이 양 떼를 공격하던 사자에게 가벼운 부상만 입히고 숨어버리자 성난 사자가 버림받은 양 떼들을 향해 무차별 공격을 가하듯이, 그는 트로이 병사들 속으로 뛰어들었다. 그러고는 눈앞에 보이는 장군들을 모두 칼과 창으로 베고 찔러 넘겼다. 아, 얼마나 많은 트로이의 용맹한 장군들이 그의 칼과 창 앞에서 스러져갔는지!

디오메데스가 트로이 진영을 마구 짓밟는 것을 본 트로이 장군 아이네이아스가 창이 빗발치는 싸움터를 헤집으며 판다로스를 찾아다녔다. 아이네이아스는 아프로디테의 아들이었다. 마침내 판다로스를 발견한 아이네이아스가 다가가서 말했다.

"판다로스, 당신 활과 화살은 어디 있소? 왜 이렇게 숨어 있는 거요? 자, 저 사납게 날뛰는 자에게 어서 화살을 날리시오."

그러자 판다로스가 말했다.

"아이네이아스, 저자는 인간이 분명하오. 그런데 어떻게 내 화살을 피할 수 있는 거요? 틀림없이 어떤 신이 저자의 곁을 지키면서 내 화살을 빗나가게 한 거요. 게다가 나는 지금 말도 없고 타고 갈 전차도 없소. 나는 내 활만 믿고 이 전쟁터로 왔소. 아, 그런데 내 활이 정작 아무 쓸모가 없다니! 메넬라오스와 디오메데스를 맞혀 피가 솟구치는 상처를 입혔는데, 그게 거꾸로 그자들을 더 분노하고 날뛰게 만들 줄이야."

그러자 트로이의 영웅 아이네이아스가 대답했다.

"자, 힘을 내시오. 내 말들이 끄는 전차를 타고 우리 둘이 앞장서서 싸웁시다. 이 말들은 둘도 없는 명마니 설사 저자를 제우스께서 보호해주신다 하더라도 우리 목숨은 빼앗을 수 없을 것이오."

"좋소, 그렇다면 당신이 전차를 몰도록 하시오. 내가 창으로 저자와 맞서겠소!"

말을 마친 후 그들은 전차에 올라 디오메데스를 향해 치달렸다. 그들이 사나운 기세로 돌진하는 것을 본 그리스 병사들은 겁을 집어먹었다. 더욱이 아이네이아스는 아프로디테 여신의 아들이 아닌가! 디오메데스에게 일단 몸을 피하자고 권하는 장군도 있었다. 하지만 디오메데스는 기세등등하게 외쳤다.

"물러서자는 이야기는 아예 꺼내지도 마라! 전장에서 등을 돌리는 짓 따위는 내 자신이 용납 못 한다. 게다가 나는 싸우면 싸울수록 힘이 넘친다. 내게는 아테나 여신께서 심어주신 용기가 차고 넘친다!"

어느새 판다로스와 아이네이아스가 탄 전차가 디오메데스 눈앞까지 다가왔다. 전차에서 뛰어내린 판다로스가 외쳤다.

"내 화살은 용케 피했지만 이번에는 내 창 맛을 봐라!"

디오메데스를 향해 긴 창이 무섭게 날아들었다. 창은 방패를 뚫고 가슴을 맞혔다. 판다로스는 정통으로 맞힌 줄 알고 기뻐했다. 하지만 창은 갑옷에 흠집만 냈을 뿐이었다.

그 순간 디오메데스가 판다로스를 향해 창을 던졌다. 창은 판다로스의 얼굴에 정확히 명중하여 단숨에 그의 목숨을 앗아가버렸다. 그 광경을 본 아이네이아스가 판다로스의 시신을 적에게 빼앗기지 않으려고 전차에서 뛰어내렸다. 그가 전차에서 뛰어내리는 것을 본 디오메데스는 놀랍게도 누구 하나 쉽게 들지 못할 무거운 돌덩이를 가볍게 번쩍 들어 올려서는 아이네이아스의 허리를 향해 내던졌다. 돌덩이는 아이네이아스의 허리를 꺾고 힘줄을 끊어놓았다. 이대로라면 아이네이아스는 목숨을 잃을 판국이었다.

싸움을 지켜보고 있던 아프로디테가 깜짝 놀라 사랑하는 아들을 흰 팔로 감싸고 자신의 옷을 펼쳐 날아오는 무기들을 막았다. 그리고 쓰러진 아들을 데리고 황급히 싸움터에서 벗어났다.

하지만 디오메데스는 그들을 놓치지 않았다. 그는 무시무시한 청동 창을 휘두르며 아프로디테에게 덤벼들었다. 그녀가 허약한 사랑의 여신일 뿐 전쟁을 주관하는 여신에 끼지 못한다는 사실을 아는 데다 아테나 여신의 명령까지 받았으니 주저할 이유가 없었다. 날카로운 창이 여신의 연약한 손목을 찔렀다. 그러자 여신에게서 불멸의 피가 흘러내렸다. 그녀는 비명을 지르며 아들을 놓아버렸다. 그러자 이번에는 태양신 아폴론이 아이네이아스를 두 손으로 받아 검은 구름으로 감싸 보호해주었다.

아프로디테를 향해 디오메데스가 소리쳤다.

"제우스의 딸이여! 이 전쟁터에서 물러나십시오. 나약한 여자들을 그만큼 이용해먹었으면 됐지 뭐가 더 부족합니까? 당신이 또다시 전쟁터에 발을 들일 경우 멀찍이서 울려 퍼지는 전장의 소리를 듣는 것만으로도 소름이 끼쳐 자지러지게 만들어버릴 것입니다."

디오메데스의 건방진 소리를 들은 아프로디테는 놀랍기도 했고 괴롭기도 했다. 여신은 올림포스로 올라갔다. 그녀의 어머니 디오네 여신이 피를 흘리는 아프로디테를 보고 깜짝 놀라 물었다.

"애야, 어느 신이 네게 이런 짓을 했느냐? 네가 무슨 나쁜 짓을 저질렀느냐?"

아프로디테가 대답했다.

"신이 아니에요. 사랑하는 제 아들 아이네이아스를 구하려는데 인간 디오메데스가 저를 찔렀답니다. 이제 이 싸움은 그리스와 트로이 간의 싸움이 아니에요. 그리스인들은 이미 신과 싸움을 시작했어요."

그러자 디오네가 말했다.

"사랑하는 내 딸아, 힘들겠지만 참아내야 해. 신들이 인간들에게 당한 것이 어디 한두 번이냐. 아레스도 그렇고, 헤라도 그렇고, 심지어는 지하의 위대한 신 하데스도 당한 적이 있단다. 더구나 디오메데스에게 이런 짓거리를 하도록 뒤에서 조종한 건 아테나 여신이야. 멍청한 디오메데스! 이자는 알지 못하는 거야! 영원히 죽지 않는 신들에게 대드는 인간은 오래 못 간다는 사실을!"

두 여신 모녀의 만남을 지켜보던 아테나와 헤라가 제우스를 향해 비꼬았다. 그를 자극하기 위해서였다. 아테나가 입을 열었다.

"아버지 제우스 님, 아프로디테가 아마 또 이상한 짓을 하고 있었나보네요. 이번에는 도대체 어떤 아름다운 그리스 여인을 자기가 사랑하는 트로이인에게 데려다주려 한 건지, 원. 아마 그 여인을 쓰다듬다가 브로치에 손목이라도 긁혔나보죠?"

제우스는 아프로디테를 불렀다. 그러고는 이렇게 주의를 줬다.

"딸아, 전쟁은 네가 맡아서 할 일이 아니니 그만 신경 꺼라. 넌 결혼 같은 사랑에 관한 일이나 잘 챙기도록 해. 전쟁에 관해서는 아테나와 아레스가 알아서 할 것이니."

그러자 아프로디테는 얼굴을 붉히며 물러났다.

헥토르의 반격과 트로이의 승리

트로이와 그리스 간의 무시무시한 혼전은 계속되었다. 인간들 간의 싸움은 이제 아테나와 헤라, 아폴론과 아프로디테를 중심으로 한 신들 간의 싸움이 되었고 냉혹한 전쟁의 신 아레스는 끊임없이 전투를 자극하며 양 진영을 오갔다.

처음에는 디오메데스를 앞세운 그리스가 단연 우세했다. 그리스 장군들이 트로이 장군들을 잇따라 무찔렀다. 트로이군은 이제 그리스군에 쫓겨 성안으로 퇴각할 수밖에 없는 지경이 되었다.

그러자 트로이 왕 프리아모스의 아들이며 헥토르의 동생인 헬레노스가 아이네이아스와 헥토르에게 말했다. 헬레노스는 뛰어난 예언가였다.

"두 장군, 우리 트로이군이 패한다면 그 책임은 두 분이 질 수밖에 없을 겁니다. 당신들은 우리 트로이에서 가장 뛰어난 전사가 아닙니까! 당장 선봉에 나서서 적들을 막으십시오. 두 분이 앞에서 버틴다면 우리 트로이 병사들은 용기백배할 것입니다."

헥토르는 동생의 말에 부끄러웠다. 그는 성난 파도와 같이 밀려드는 그리스군의 발걸음을 잠시 가로막은 후에 아테나 신전으로 가서 기도를 드렸다.

"우리 도시를 지켜주시는 분, 여신들 가운데 가장 높으신 분, 공경하는 아테나 여신님! 우리를 위해 디오메데스의 창을 부러뜨리고 그를 쓰러뜨려주십시오. 우리 트로이인의 아내들과 어린 자식들을 불쌍히 여기시어 우리 기도를 들어주십시오. 여신께서 우리 기도를 들어주신다면 한 살배기 암송아지 12마리를 지금 당장 신전에 제물로 바치겠습니다."

기도를 마친 헥토르는 파리스의 집으로 갔다. 그는 5미터나 되는 긴 창을 든 채 집 안으로 들어갔다. 안으로 들어가니 파리스는 침실에서 방패와 투구, 활을 손질하고 있었다. 헬레네는 시중드는 여인들 사이에 앉아 뜨개질을 하고 있었다. 그 모습을 본 헥토르가 노하여 꾸짖었다.

"너 정말 한심한 놈이로구나. 넋 놓고 앉아서 속으로 화나 달래고 있다니! 저 싸움의 함성 소리는 결국 너 때문에 울리고 있는 것 아니냐! 그런데 어쩌면 이토록 태평스럽게 앉아 있을 수 있단 말이냐! 스스로 부끄럽지도 않으냐! 자, 우리 성이 불길에 휩싸이기 전에 어서 일어서라!"

파리스가 대답했다.

"형님께서 화를 내시는 것도 당연합니다. 헬레네 역시 당장 싸우러 나가라고 방금 재촉했고 저도 일어서서 나가려던 길이었습니다. 곧 갑옷을 갖춰 입고 형님 뒤를 따를 테니 먼저 가세요."

그러자 헥토르가 대답했다.

"그래, 바로 싸움터로 나오너라. 나는 그 전에 집에 들러 아내와 아이 얼굴 좀 보고 가겠다."

헥토르는 서둘러 집으로 향했다. 그러나 도착해보니 집 안에 사랑스러운 아내 안드로마케의 모습이 보이지 않았다. 헥토르는 시녀에게 안드로마케가 어디 있느냐고 물었다. 그러자 시녀가 대답했다.

"마님께서는 트로이군이 고전하고 있다는 소식을 들으시고 눈물을 흘리며 정신이 나간 것처럼 허둥지둥 성벽으로 쫓아가

셨답니다. 유모는 아기씨를 안은 채 급히 뒤따라갔고요."

시녀의 이야기를 들은 헥토르는 서둘러 성벽으로 달려갔다. 그가 막 성문에 도착하려는 순간 안드로마케가 그를 향해 달려왔다. 안드로마케는 그의 손을 꼭 잡고는 울면서 말했다.

"아, 당신은 정말 매정한 사람이에요! 자신의 용맹함이 도리어 스스로를 죽음으로 몰아넣으리란 걸 모르나요? 그렇게 떠나버리면 우리 어린 아가가 얼마나 불쌍해질지 생각은 해봤나요? 남편을 잃고 홀로 남을 이 불행한 여자가 안쓰럽지도 않은가요? 당신이 전쟁터로 나가면 모든 그리스 병사들이 한꺼번에 당신에게 달려들 건데! 당신이 죽는다면 나도 따라 죽는 게 나아요. 아버지도 없고 어머니도 없는 내게 남는 거라곤 슬픔뿐일 텐데 살아서 무엇하겠어요! 나와 우리 어린 아들을 애처롭게 생각해서 부디 성에서 떠나지 말아요. 여기 그냥 남아 있어줘요."

그러자 헥토르가 말했다.

"난들 왜 그런 걱정이 없겠소. 그렇지만 내가 싸움이 두려워 몸을 사린 채 피해 다닌다면 부끄러워서 우리 트로이인들을 마주할 수가 없을 것이오! 항상 맨 앞에 나서서 전장을 누비며 싸워야 한다고, 그래서 훌륭한 아버지의 명예와 나의 명예를 지켜야 한다고, 나는 그렇게 배웠고 지금껏 그렇게 살았소. 여보, 나도 모르는 게 아니오. 언젠가는 그리스군의 창칼 앞에 우리 트로이가 멸망하는 날이 올 수도 있다는 걸! 그렇게 되는 날 모든 트로이인이 겪게 될 고통에 가슴 아프지만 그보다는 당신과 아이가 당할 고통이 나를 더더욱 비통하게 만들어. 아, 당신이 끌려가며 울부짖는 소리를 듣기 전에 내가 먼저 흙 속에 묻힐 수 있기를 바랄 뿐이오!"

헥토르는 사랑하는 아들 아스티아낙스를 두 팔로 안고 제우스를 비롯한 모든 신들에게 기도했다.

"제우스 신과 다른 모든 신들이시여! 나의 아들을 나와 똑같이 뛰어나고 힘세게 만들어주십시오. 지혜와 용기로 트로이를 강력하게 다스릴 수 있게 해주십시오. 아들이 싸움터에서 돌아오면 모두들 '아버지보다 훌륭하다!'라며 칭송하게 해주십시오."

기도를 마친 후 헥토르는 아내에게 아스티아낙스를 건네며 말했다.

"너무 슬퍼하지 마오. 어느 누구도 내 운명을 거슬러 나를 저승으로 보내지 못할 거요. 내가 죽는다면 그건 내 운명이 시키는 것일 뿐이오. 그 어떤 인간도 죽음의 운명을 피할 수는 없는 법! 내가 그 운명을 따르게 되더라도 그렇게 슬퍼할 일은 아니오. 자, 당신은 집으로 돌아가 집안일을 돌보도록 해요. 전쟁은 남자들 몫이고 나의 몫이니 당신이 걱정할 일이 아니오."

말을 마친 헥토르는 투구를 집어 들었다. 안드로마케는 집 쪽을 향했으나 자꾸 뒤를 돌아보며 눈물을 흘렸다. 그녀가 도착하자 집 안은 온통 울음바다가 되었다. 헥토르가 아직 멀쩡하게 살아 있는데도 다들 통곡을 했다. 그들은 헥토르가 살아서 다시 돌아오지 못하리라고 생각했던 것이다.

파리스도 자기 집에 그리 오래 머물지 않았다. 그는 청동으로 장식한 갑옷을 입고 급히 성내를 가로질러 성곽으로 갔다. 그곳에서 막 아내와 아들을 보고 온 헥토르와 합류했다.

헥토르가 성문을 나서자 동생 파리스가 뒤따랐다. 마치 바다 위에서 노 젓기에 지친 사람들에게 순풍이 불어온 것처럼, 모두가 고대하던 두 사람이 트로이 병사들 앞에 나타난 것이다.

헥토르와 파리스는 이내 싸움터로 나아갔다. 그리고 그리스 진영을 종횡무진으로 누비며 적장들을 물리쳤다. 두 사람이 그리스 병사들을 마구 쓰러뜨리는 광경을 본 아테나는 올림포스 산에서 트로이 전쟁터로 단숨에 뛰어내렸다. 그리스 병사들에게 용기를 불어넣기 위해서였다. 그 모습을 본 아폴론이 아테나 여신을 향해 달려갔다. 그는 트로이인들이 전멸하는 것을 원치 않았다. 아폴론이 아테나에게 제안을 했다.

"위대한 제우스의 따님, 우리 이 처절한 싸움을 그만 멈추게 합시다. 그리고 그리스 장군 한 명과 헥토르를 일대일로 싸우게 합시다."

아폴론의 제안을 거절할 명분이 없었던 아테나는 그 제안을 받아들였다. 헥토르의 동생인 예언가 헬레노스가 아폴론과 아테나 사이에 오간 대화를 들었다. 그에게는 신들의 마음을 읽을 줄 아는 능력이 있었다. 그가 헥토르에게 말했다.

"프리아모스 왕의 아들이신 헥토르 형님! 제 제안을 받아들이시겠습니까? 다른 병사들은 모두 자리에 앉힌 채 형님이 그리스의 가장 용감한 전사와 일대일로 결투를 벌이시는 것이 어떻겠습니까. 제가 신들의 말씀을 엿들었습니다."

헥토르는 헬레노스의 제안을 받아들였다. 그는 트로이 병사들을 모두 자리에 앉혔다. 그 모습을 본 아가멤논이 그리스 병사들도 자리에 앉혔다. 헥토르가 양군 사이에 서서 말했다.

"자, 트로이 병사들과 그리스 병사들 모두 들으시오. 제우스께서는 그대들 그리스군이 트로이 성을 함락하든가, 아니면 그대들 함선 옆에서 그대들이 모두 쓰러지든가 끝장을 내게 하려고 마음먹으신 것 같소. 자, 우리 모두 희생을 줄입시다. 그대들 그리스 장군 중에 누구든 나 헥토르와 일대일로 싸울 용기 있는 자가 있으면 나서시오."

헥토르가 그렇게 말하자 그리스 진영에는 침묵이 흘렀다. 거부하자니 부끄럽고 받아들이자니 두려웠기에 침묵할 수밖에 없었다. 그때 메넬라오스가 자리에서 일어났다.

"이 뻥쟁이 그리스 전사들아! 정말 남자가 맞는가? 여자랑 뭐가 다른가? 모두 간이 콩알만 해져서 멍하니 앉아들 있다니! 다들 앉은 그대로 물과 흙이 되어버리겠구나! 좋다, 내가 나가서 헥토르와 맞붙겠다!"

그는 갑옷을 갖춰 입었다. 그러나 메넬라오스, 만일 그리스의 왕들이 벌떡 일어나 그대를 막지 않았다면 그대는 헥토르의 손에 죽음을 맞이했을 것이다! 그가 그대보다 10배는 강하다는 것을 모르는가!

아가멤논이 동생 메넬라오스의 손을 붙잡고 소리쳤다.

"메넬라오스, 제정신이냐! 속이 쓰리더라도 진정하고 참아. 너보다 강한 자한테 덤벼들 생각 마라. 괜한 경쟁심에 그런 무모한 짓을 하면 너만 다칠 뿐이야! 아킬레우스조차 싸움터에서 마주치기를 겁내는 헥토르를 네가 어떻게 이겨? 잠자코 자리에 앉아 있어. 다른 용감한 그리스 장군이 나설 테니까."

그러자 원로 중의 원로인 네스토르가 자리에서 일어나 말했다.

"아, 우리 그리스의 영광은 다 어디로 가버린 건가! 조상들의 명성을 후손들이 이처럼 더럽히다니! 조금만 더 젊었더라면 내가 나섰을 것이다. 그 누구도 자진하여 핵토르와 맞서려 하지 않다니 이 무슨 치욕이란 말인가!"

노인이 나무라자 그리스 장군들이 분연히 자리에서 일어났다. 모두 9명이 일어났는데 아가멤논과 디오메테스, 아이아스, 오디세우스도 그들 중에 속해 있었다. 그러자 네스트로가 다시 말했다.

"그럼 제비를 뽑아 결정하도록 합시다."

제비뽑기를 한 결과 그리스군에서 가장 용맹한 장군 중 한 명인 아이아스가 뽑혔다. 아이아스는 청동 무장을 갖추고 긴 창을 든 채 앞으로 나아갔다. 용맹스러운 그의 모습에 그리스군은 모두 기뻐 환호했다. 반면 트로이군은 겁에 질려 온몸을 떨었고 핵토르의 심장도 긴장으로 쿵쾅거렸다. 그러나 먼저 싸움을 걸고 물러설 수는 없는 법! 그도 앞으로 나아갔다. 그러자 아이아스가 외쳤다.

"핵토르! 나와 일대일로 싸우고 나면 분명 알게 될 것이다!

그리스군에는 아킬레우스만 있는 게 아니라는 것을! 그대에게 원한을 품고 있는 우리 중 그 누구건 그대와 맞설 용기가 있다는 것을!"

헥토르가 맞받아쳤다.

"텔라몬의 아들 아이아스! 그대가 용감하긴 하지만 나 역시 하나 꿀릴 거 없다는 걸 모르나! 말만 하지 말고 내 창부터 받아봐라."

헥토르는 긴 창을 들어 아이아스를 향해 힘껏 내던졌다. 하지만 그의 창은 아이아스의 방패를 뚫지 못했다. 이번에는 아이아스가 헥토르를 향해 창을 던졌다. 창은 헥토르의 방패를 뚫고 갑옷을 찢긴 했으나 치명상을 입히진 못했다. 둘은 다시 창을 움켜쥐고 마주 덤벼들었다. 힘센 멧돼지들이 뒤엉켜 싸우는 것 같았다. 아이아스의 창이 헥토르의 목을 스치고 지나가는가 하면 헥토르가 던진 돌이 아이아스의 배를 맞혔다. 둘 중 한 명이 목숨을 잃을 때까지는 끝나지 않을 싸움이었다. 싸움은 밤이 될 때까지 계속되었다. 그렇게 맞붙어 싸우는 사이에 둘은 서로 존경하는 마음이 생겨났다. 헥토르가 말했다.

"아이아스, 그대의 용맹스러움을 충분히 알았다. 벌써 밤이 다가왔으니 우리 이제 싸움을 멈추도록 하자. 그리고 모든 그리스인들과 트로이인들이 '두 사람은 결투를 벌였지만 서로 화해하고 벗이 되어 물러났다!'고 말할 수 있게 해주자.”

말을 마친 후 헥토르는 은장식이 된 자신의 칼을 아이아스에게 건네주었다. 아이아스도 헥토르에게 자신의 빛나는 혁대를 주었다. 그런 다음 둘은 각자의 진영으로 돌아갔다.

그리스 진영에서는 승리를 자축하는 잔치가 벌어졌고 트로이 성에서는 긴급 회의가 열렸다. 아이아스의 용맹에 겁이 난 트로이 사람들은 헬레네와 그녀의 보물들을 돌려주고 싸움을 끝내자고 말했다. 그러자 파리스가 자리에서 일어나 말했다.

“그런 말 두 번 다시 하지 마시오. 보물은 기꺼이 내줄 수 있소. 하지만 내 사랑하는 헬레네는 절대 내주지 못하오!”

결국 그리스 진영에서는 다시 전투 준비를 진행하기 시작했고, 트로이 진영에서도 이어질 전투를 위해 만반의 태세를 갖추기 시작했다.

새벽빛이 온 대지로 퍼졌을 때 제우스는 올림포스산정에서 신들의 회의를 열었다. 제우스가 신들을 돌아보며 말했다.

“여기 모인 여러 신들과 여신들은 모두 내 말을 귀담아 들으시오. 그리고 내 말에 절대 복종하시오. 이제부터 아무도 이 싸움에 나서지 마시오. 그 누구든 트로이인이나 그리스인을 편들다가 나한테 발각될 경우 저 지하의 하데스보다 더 깊은 감옥에 가두어버릴 것이니!"

예상치 못했던 제우스의 선언에 신들과 여신들은 깜짝 놀라 아무 말 못 하고 서로 눈치만 살폈다. 제우스의 말이 너무나 단호하고 엄했기 때문이었다. 아테나가 겨우 마음을 추스르고 말했다.

"우리의 아버지, 크로노스의 아드님, 최고의 지배자 제우스 님! 누가 감히 제우스 님 말씀을 거역하겠습니까. 하지만 비참한 운명을 맞이하며 죽어갈 그리스 병사들이 너무 가엾습니다. 명령하신 대로 전쟁에는 참견하지 않겠습니다. 그렇지만 그리스인이 전멸당하지는 않도록 해주세요."

제우스는 아테나 여신의 청을 들어주겠다고 약속했다.

아침 식사를 마친 그리스군과 트로이군은 다시 전쟁터에서 맞섰다. 양쪽의 창과 창, 방패와 방패가 서로 맞부딪히며 터져 나오는 요란한 소리가 전장을 뒤흔들었다. 죽이는 쪽의 환호 소리와 죽어가는 쪽의 비명 소리가 뒤엉켜 울려 퍼졌고 핏물이 강물이 되어 대지를 적셨다.

그들이 싸우는 모습을 지켜보던 제우스는 해가 중천에 이르자 황금 저울을 꺼내들더니 그 위에 서로 다른 두 죽음의 운명을 양쪽에 올려놓고 달았다. 하나는 트로이인의 것, 다른 하나는 그리스인의 것이었다. 제우스가 저울 가운데를 잡고 저울질을 하자 그리스 쪽 죽음의 운명의 추가 기울며 저 아래 대지로 가라앉고 트로이 쪽 죽음의 운명의 추는 하늘을 향해 위로 쑥 치솟았다. 그는 이다산에서 크게 천둥을 울리며 그리스 쪽 진영을 향해 번쩍이는 번갯불을 쏘아 보냈다.

　아, 위대한 제우스의 뜻대로 싸움은 점차 한쪽으로 기울었다. 저 용감한 아가멤논도, 전쟁의 신 아레스의 보호를 받는 아이아스도 더 이상 버티지 못했다. 그리스 군사들은 모두 자신들의 함대가 있는 곳으로 도망가기에 바빴다. 오직 티데우스의 아들 디오메데스만이 좌충우돌하며 적과 용감하게 맞섰다. 하지만 그 역시 역부족이었다. 그리스군은 모두 헥토르의 손에 최후를 맞이할 위험에 빠졌다.

　그 순간 아가멤논에게 용기를 준 것은 제우스도 함부로 어쩌지 못하는 제우스의 아내 헤라였다. 헤라는 아가멤논의 마음에 용기를 불어넣었고 아가멤논은 그에 힘입어 그리스 병사들을 격려했다. 그는 겁에 질린 병사들 앞에서 외쳤다.

"부끄럽지도 않은가, 그리스 전사들이여! 술과 고기를 배불리 먹으며 호언장담하던 이들은 다 어디로 갔는가! 한 사람이 100명의 트로이인을 당해낼 수 있다고 큰소리들 치더니! 저 헥토르 한 명도 당해내지 못하고 이렇게 도망치기에 바쁜가!"

이어서 그는 제우스에게 기도했다.

"아버지 제우스 님! 제가 단 한 번도 잊지 않고 제우스 신전에 제물을 바치고 제사를 드렸는데 어찌 우리를 이처럼 내치시는지요! 이 한 가지 소원만은 꼭 들어주십시오. 우리가 트로이인에게 몰살당하도록 내버려두지 말아주십시오!"

아가멤논의 기도에 제우스의 마음도 움직였다. 제우스는 아가멤논의 병사들이 보호받고 죽음에서 벗어날 것임을 독수리한 마리를 보내 알려주었다. 독수리는 새끼 암사슴 한 마리를 발톱으로 움켜잡고 날아가 제우스의 제단 앞에 떨어뜨렸다. 그곳은 그리스인들이 제우스에게 제물을 바치던 곳이었다. 그 광경을 본 그리스 병사들은 제우스가 어떤 마음을 품고 있는지 깨닫고 싸움에 나설 의욕을 다지며 다시 일어날 수 있었다.

이번에도 그 누구보다 용감하게 앞장선 것은 디오메데스였다. 그 뒤를 아가멤논과 메넬라오스가 따랐고 아이아스 역시 함께 달려 나갔다. 잠시 그리스군이 승리를 가져오는 듯했지만 누구 하나 헥토르를 당할 수는 없었다. 최후의 승리는 어김없이 헥토르의 것이었다. 그리스군은 다시 사나운 헥토르에게 쫓기는 신세가 되었다.

밤이 되어 잠시 전투가 중단되었지만 날이 밝으면 헥토르가 이끄는 트로이군은 사기충천하여 그리스군을 파멸로 이끌 터였다. 이제 그리스군은 바람 앞의 촛불과 같은 운명이었다.

아가멤논, 아킬레우스에게 사절단을 보내다

그리스 병사들은 모두 공포에 사로잡혔고 장군들은 슬픔에 잠겼다. 그중에서도 아가멤논이 가장 슬퍼하며 눈물을 흘렸다. 마치 마르지 않는 비탄의 샘물이 솟는 것 같았다. 그가 시름겨운 목소리로 그리스 원로들이 모인 자리에서 일어나 말했다.

"친구들, 그리스의 왕들이며 장군들인 여러분. 제우스께서 나를 혼란에 빠뜨리셨소. 그분은 전에 트로이 성을 함락한 후 무사히 귀환하게 해주겠다고 고개까지 끄덕이며 약속하셨소. 그런데 이제 와서 누구한테 무슨 솔깃한 이야기를 들었는지 나더러 수많은 병사들을 잃은 채 빈손으로 그만 그리스로 돌아가라 하십니다. 신의 뜻이 그러하니 우리 인간의 힘으로 어쩌겠소! 그러니 배를 타고 우리 고향으로 돌아갑시다. 우리는 저 트로이를 결코 함락시키지 못할 것이오."

그의 말에 다들 입을 다물고 있었다. 그러자 디오메데스가 분연히 자리를 박차고 일어나 큰 소리로 말했다.

"아트레우스의 아드님! 어찌 그런 나약한 소리를 합니까! 언제는 나를 나약한 인간이라 헐뜯고 다니더니 정작 나약하기 그지없는 쪽은 당신이군요! 그래, 당신 눈에는 우리 그리스인이 싸움도 제대로 못 하는 약해빠진 인간들로 보입니까? 그렇게 생각한다면 당신은 가시오. 나는 내 부족들과 여기 남아 마지막까지 트로이인과 싸울 테니!"

그러자 원로 중의 원로인 네스트로가 일어나서 말했다.

"디오메데스, 정말 장하오. 우리 그리스인의 가슴속에 용기의 불을 지펴주는 이는 그대뿐이오! 자, 우리 모두 디오메데스의 말대로 용기를 냅시다. 하지만 지금은 밤이 아니오. 아무리 우리가 용기를 내더라도 배가 부르지 않으면 제대로 싸울 수 없는 법, 지금은 무엇보다 배불리 먹으며 기운을 돋우어야 하오. 우리의 지도자 아가멤논 왕, 그대는 그리스로 돌아가자는 말을 거둬들이고 앞장서서 잔치를 베풀어 모든 장군들의 힘을 북돋아주시오. 그런 후 더 현명한 대책을 세웁시다."

아가멤논은 네스트로의 말을 거부하지 못하고 자기 막사에

아가멤논, 아킬레우스에게 사절단을 보내다

75

서 그리스 장군이자 왕인 사람들에게 성대한 잔치를 베풀었다. 그들은 충분히 먹고 마신 뒤 다시 자리를 잡고 회의를 열었다. 그들은 어느 정도 용기와 힘을 되찾았지만 뾰족한 방법이 떠오르지 않아 침묵을 지키고 있었다. 그러면서 다들 지혜로운 네스트로가 먼저 이야기를 꺼내기만을 기다렸다. 네스트로가 자리에서 일어나 말했다.

"좋소, 모두 내 의견을 기다리는 것 같으니 내 말하리다. 아가멤논 왕, 그대는 정말 큰 잘못을 저질렀소. 내가 그렇게 말렸건만 아킬레우스한테서 브리세이스를 빼앗아 그를 분노하게 만들다니! 그대는 오만불손하게도 우리의 가장 용감한 영웅을 모독한 것이오. 그러니 지금이라도 우정의 선물과 좋은 말로 그를 설득할 방법을 찾아야만 하오."

그러자 아가멤논이 대답했다.

"지혜로운 네스트로! 내가 저지른 잘못을 똑바로 지적해주어 고맙소. 부정하지 않겠소. 내가 어리석었소. 보상이 필요하다면 당연히 하겠소. 내가 지닌 황금과, 내가 경주에서 상으로 받은 힘센 말 12필을 기꺼이 내놓겠소. 또한 내가 거느리고 있는 아름다운 여인 7명을 주겠소. 그리고 우리가 승리해서 그리스로 돌아가게 되면 나는 그를 사위로 삼겠소. 더불어 내가 다스리는 도시 중 일곱 도시를 기꺼이 그에게 주겠소. 그가 분노를 거두기만 한다면 내가 이 자리에서 약속한 모든 것을 반드시 지킬 것을 원로 여러분 앞에서 맹세하오.”

그러자 분이 풀린 디오메데스가 말했다.

“그 정도 선물이면 누구도 가볍게 여기지 못할 것이오. 자, 당장 아킬레우스의 막사로 갈 사람들을 뽑아 보냅시다. 더 늦기 전에 서두릅시다.”

모두 그의 말에 동의하자 네스트로는 임의대로 아킬레우스와 친한 사람들을 사절단으로 뽑았다. 그중에서 아킬레우스와 가장 사이가 가까운 늙은 장군 포이닉스가 앞장섰다. 사절단에는 아이아스와 오디세우스도 포함되었다. 그들은 격려의 술을 받아 마신 후 아가멤논의 병영을 나섰다.

사절단은 아킬레우스를 설득할 수 있기를 한마음으로 바라며 아킬레스의 막사로 갔다. 간절히 기도하는 심정이었다. 아킬레우스는 절친한 친구 파트로클로스와 함께 앉아 악기를 연주하고 있다가 그들을 보자 깜짝 놀라 자리에서 일어났다.

“어서들 오시오. 어쩌다 보니 일이 이렇게 되었지만 그대들은 나의 친구가 아니오. 내가 몹시 화가 난 건 맞아도 여러분을

아가멤논, 아킬레우스에게 사절단을 보내다

좋아한다는 사실만큼은 변함이 없소."

아킬레우스는 파트로클로스에게 술을 가져 오게 한 후 직접 염소고기와 돼지고기를 구워서 그들을 대접했다. 어느 정도 배가 불러오자 일행 중 가장 머리가 좋고 언변이 좋은 오디세우스가 자리에서 일어나 아킬레우스에게 말했다.

"용감한 아킬레우스! 우리는 지금 여기서 배불리 먹고 마시고 있지만 우리 함대 주변은 온통 두려움에 휩싸여 있소. 트로이군이 곧 들이닥칠 지경에 놓여 있기 때문이오. 저 사나운 헥토르는 제우스 신만 믿고 인간이든 신이든 안중에 없는 듯 미쳐 날뛰고 있소. 새벽의 여신이 찾아온다면 그는 지체 없이 우리를 공격할 것이오. 우리 재앙을 막아줄 수 있는 이는 아킬레우스 당신밖에 없으니 제발 분노를 그만 풀어주시오. 당신이 분노를 거두고 우리 곁으로 온다면 당신에게 막대한 선물을 주겠다고 아가멤논 왕이 약속했소."

오디세우스는 아킬레우스 앞에서 아가멤논이 약속한 긴 선물 목록을 나열했다. 그러고는 덧붙였다.

"설사 이 온갖 값진 선물이 당신 마음을 움직이지 못하더라도, 이제나저제나 당신이 오기만을 손꼽아 기다리는 그리스 병사들을 부디 불쌍히 여겨주시오. 그들은 지칠 대로 지쳤소. 그들이 의지할 사람은 그들이 신처럼 받들고 있는 당신뿐이오. 당신이 나서기만 한다면 쉽게 헥토르를 죽일 수 있을 것이오. 헥토르는 지금 우리 진영에는 자신과 맞설 만한 전사가 한 명도 없다고 믿고 방심하고 있소. 당신이라면 그런 그를 가볍게 물리칠 수 있을 것이오."

그러자 아킬레우스가 오디세우스에게 길게 자신의 속마음을 밝혔다.

"당신이 그렇게 진정으로 말하니 나도 내 진심을 털어놓아야겠소. 내 이야기를 들은 후 더 이상 딴소리하지 말기를 바라오.

나는 아가멤논이 너무 싫소. 말이랑 하는 짓이 완전히 따로 노니까. 그리스 병사들도 아마 나와 같은 생각일 거요. 죽을힘을 다해 트로이군과 싸워봤자 아가멤논은 전혀 고마워할 줄 모른다는 걸 뻔히 알거든. 생각해보시오. 아가멤논이 언제 공평하게 상을 나눈 적 있소? 도망갈 궁리나 하던 자건 열심히 앞장서서 싸운 사람이건 똑같은 몫을 받고 비겁한 자나 용감한 사람이나 똑같은 명예를 누리고 있으니!

나, 아킬레우스는 밤낮을 쉬지 않고 맹렬히 싸웠소. 하지만 결국 그자만을 위한 일이 되어버렸소. 내가 열심히 싸워서 얻은 노획물들을 나는 정말 사심 없이 그자에게 바쳤소. 그런데 싸움에는 나서지 않고 뒤에서 구경이나 하던 그자가 거의 모든 것을 독차지하고 우리에게는 마지못해 조금씩 나누어주었소. 게다가 사랑하는 내 여인까지 막무가내로 가로채 가버렸소.

왜 우리가 트로이인과 전쟁을 치르고 있는 거요? 어째서 병사들을 모아 이 먼 타향에 와 있는 거요? 바로 헬레네 때문 아니오! 잘난 아트레우스의 아들만 자기 아내를 위하는가! 아니지, 아니야! 생각이 있는 사람이라면 자기 여자 소중한 줄 누가 모를까! 비록 전쟁에서 무력으로 브리세이스를 얻긴 했지만 그녀를 사랑하는 내 마음도 다를 바 없소. 그런 그녀를 억지를 부려 빼앗아 가놓고 이제 와서 헬레네를 위해 싸워달라고?

아가멤논이 내게 약속한 선물들? 다 소용없소. 그 열 배, 백 배를 준다고 해도 나는 결코 아가멤논을 위해서는 싸우지 않겠소. 딴 사람들한테도 아무 의미 없는 전쟁 그만하고 얼른 고향 집으로 돌아가라고 설득하고 다닐 참이오.”

아킬레우스의 이야기를 들은 사절단은 너무 놀라서 입도 벙긋할 수 없었다. 그만큼 그의 말이 단호하고 강경했기 때문이었다. 좀 전까지 그들을 환대하던 아킬레우스의 모습은 찾아볼 수 없었다. 아킬레우스와 가장 가까운 포이닉스 노인이 용기를 내어 그를 다시 설득해보았지만 소용이 없었다. 오히려 포이닉스에게 그 위험한 사지로 돌아가지 말고 자신의 막사에 머물라고 권할 정도였으니 혹 떼려다 혹 붙인 꼴이었다.

마지막으로 아이아스가 입을 열었다. 그는 아무리 설득해도 꿈쩍 않는 아킬레우스에게 화가 나 있었다.

"오디세우스, 그만하면 됐으니 돌아갑시다. 좋은 소식은 아니지만 어쨌든 빨리 알려야 할 것 아니오. 다들 얼마나 눈이 빠지게 반가운 소식을 기다리고 있겠소. 그런데 저 아킬레우스는 분노에 자신을 온통 내맡긴 채 아무 사리분별조차 못 하고 있잖소! 비정하군요, 아킬레우스! 한결같이 당신을 존중해온 우리 우정을 나 몰라라 하며 조금도 마음을 바꿀 생각을 않는군요. 한낱 여자 때문에 분노를 가라앉히지 않다니!"

그러자 평소 아이아스를 존중하던 아킬레우스가 한결 누그러진 목소리로 대답했다.

"나도 당신 심정 이해하오. 여러분을 향한 내 우정은 정말로 깊소. 우정을 생각한다면 지금이라도 당장 그대들과 함께하고 싶소. 하지만 모든 그리스인들 앞에서 나를 이방인 취급하던 아가멤논 생각만 하면 화가 치미는 걸 어쩌겠소. 내 더럽혀진 명예를 생각하면 우리의 우정도 어쩌지 못할 만큼 분노에 휩싸여버리니. 그러니 돌아가서 아가멤논에게 똑바로 전하시오. 헥

아가멤논, 아킬레우스에게 사절단을 보내다

토르가 나 아킬레우스의 진영으로 직접 쳐들어오지 않는 한 나는 꼼짝도 안 할 것이라고!"

아킬레우스의 최후통첩을 들은 사절단은 그의 막사를 나서서 아가멤논의 막사로 향했다. 그들이 도착하자 아가멤논이 황급히 물었다.

"자, 오디세우스, 빨리 말해보시오. 그가 우리 함선들을 구해주겠다고 합디까? 아니면 아직도 오만과 분노의 포로가 되어 거절을 합디까?"

오디세우스가 아킬레우스의 말과 그의 분노를 그대로 전하자 모두들 기겁했다. 막사에는 한동안 침묵만이 흘렀다. 얼마 후 디오메데스가 일어나서 말했다.

"차라리 아킬레우스에게 사람을 보내지 말 걸 그랬소. 그렇지 않아도 오만에 가득 찬 그의 마음을 더 부추긴 꼴이 되고 말았으니. 자, 우리 이제 아킬레우스 따위는 그냥 내버려둡시다. 우리끼리 준비합시다. 내 우리의 총사령관인 아가멤논 왕께 부탁하니, 새벽의 여신이 우리에게 찾아오거든 당신이 앞장서서 적들과 싸워주시오."

디오메데스가 말을 마치자 다들 그의 말에 찬동했다. 이윽고 신들에게 술을 바친 후 각자 자신의 막사로 돌아가 잠자리에 들었다.

헤라의 계책

전투는 쉼 없이 계속되었다. 새벽의 신이 날을 밝히면 양 진영 병사들은 모두 무기를 들었다. 그러고는 창과 칼을 부딪치며 싸웠다. 처음에는 아가멤논이 앞장서서 용기를 불어넣은 덕분에 그리스군이 승리를 거두었다. 트로이 병사들은 자신들 성쪽으로 물러났고 그리스 병사들이 뒤쫓았다. 하지만 그것도 잠깐이었다. 곧 반격에 나선 트로이군이 그리스군을 몰아붙였다. 그리스 병사들은 자신들의 최후 진지인 함선들에까지 물러설 수밖에 없었다.

그리스 병사들은 트로이 병사들을 저지하기 위해 함선들 앞에 성벽을 쌓았다. 하지만 제우스의 도움을 받는 헥토르를 저지할 수는 없었다. 헥토르가 이끄는 트로이군은 곧 성벽을 함락했다. 그 전투에서 제일 먼저 아가멤논이 팔꿈치에 부상을 입었다. 이어서 디오메데스와 오디세우스도 부상을 입었다. 트로이 병사들은 그리스 함대를 향해 돌진했다. 장군들까지 온통 부상을 당했으니 그리스군은 이제 패배의 문턱에 다다라 있었다. 아, 그러나 인간의 운명은 신의 뜻에 따라 움직이는 것! 그리스군을 기다리고 있는 것은 패망의 운명이 아니었다.

대지를 흔드는 통치자요 바다의 신인 포세이돈이 숲이 우거진 사모스섬 산 정상에 앉아 전투를 지켜보다 제우스에게 화가 치밀었다. 불쌍한 그리스인들을 저토록 곤경에 처하게 만들다니!

그가 산을 내려오자 지축이 흔들리고 온 산천이 몸을 떨어댔다. 서너 걸음만에 바닷속 자신의 궁전에 도착한 포세이돈은 황금빛 갈기를 뽐내는 준마 두 마리가 끄는 마차를 타고 그리스 병사들에게 달려갔다. 그는 예언자 칼카스의 모습으로 변신했다. 포세이돈은 아이아스에게 가서 지팡이로 건드리며 말했다. 그 지팡이는 용기를 불어넣는 지팡이였다.

"그대 머릿속에서 패배라는 말을 지워버려라! 그리고 내가 불어넣은 용기를 그리스 병사들에게도 불어넣어라!"

그가 신이라는 것을 알아본 아이아스는 용기가 치솟았다. 올림포스에 사는 신들 중 한 분이 자신들 앞에 예언자의 모습을 하고 나타났으니 절로 용기가 솟지 않을 수 없었다. 아이아스는 다시 용기를 내어 전투에 나섰고 그리스 병사들도 그 뒤를 따랐다. 포세이돈은 전투가 벌어지자 전장 여기저기를 돌아다니며 그리스 병사들을 독려했고, 그럼으로써 트로이군의 패배를 부추겼다.

우주만물을 다스리는 존재인 크로노스의 두 아들, 제우스 신과 포세이돈 신은 이처럼 서로 정반대되는 생각을 하면서 세상의 인간 영웅들을 끔찍한 고난 속으로 몰아넣었다.

제우스는 이 전쟁에서 헥토르를 비롯한 트로이군이 이겨 아킬레우스가 복수를 하고 명예를 되찾을 수 있게 해주고자 했다. 물론 그렇다고 그리스군을 몰살시키려는 의도는 없었다. 단지 아킬레우스의 어머니인 테티스의 간청을 들어주려 했을 뿐이었다.

반면 포세이돈은 그리스군이 트로이군에 속절없이 쓰러져가는 것이 안타까워서 나선 참이었다. 그는 사태를 이 지경까지 만든 제우스에게 분노했다.

각기 다른 두 위대한 신의 비호를 받는 그리스군과 트로이군 간에는 더없이 격렬한 전투가 이어졌다. 포세이돈은 나이 든

전사의 모습으로 변신한 채 아가멤논에게 다가가 그의 오른손
을 잡고 말했다.

"아트레우스의 아들, 아가멤논! 그대는 아킬레우스에게 잘
못한 것이 없소. 그러니 힘을 내시오! 이제 곧 트로이 병사들은
들판을 가로질러 자신들 성으로 도망가게 될 것이니!"

포세이돈이 들판을 내달으며 큰 소리로 외쳤다. 그 소리는
마치 수만 명의 전사들이 한꺼번에 내지르는 함성 같았다. 그
소리가 그리스 병사들 마음속에 한없이 큰 힘을 불어넣었다.

올림포스의 꼭대기에서 이 모습을 본 헤라 여신은 더없이 흐
뭇했다. 자신의 친오빠이자 남편의 형인 포세이돈이 직접 나서
서 전쟁터를 누비며 그리스군을 격려하고 용기와 힘을 불어넣
어주다니! 그러자 남편인 제우스를 원망하는 마음이 더 커졌
다. 헤라는 제우스를 속이기로 작정하고 방법을 찾았다.

헤라는 정성껏 몸단장을 하고는 제우스가 머물고 있는 이다
산으로 갔다. 여신은 목욕을 하고 향기로운 올리브유를 몸에
듬뿍 발랐다. 그리고 온갖 멋진 장식으로 치장한 가장 아름다
운 옷을 입은 후 아프로디테를 찾아가서 말했다.

"내 딸, 부탁 하나 들어주겠니? 설마 내가 그리스 편을 들고

네가 트로이 편을 든다고 내 부탁을 거절하지는 않겠지?"

그러자 아프로디테가 대답했다.

"존경하는 어머니, 제가 어떻게 어머니 청을 마다하겠어요? 말씀해보세요. 해드릴 수 있는 일이라면 해드려야지요."

"나한테 애정과 욕망의 능력을 줄 수 있겠니? 어릴 때 나를 정성껏 길러주고 보살펴준, 신들의 아버지 오케아노스와 신들의 어머니 테티스께서 말다툼을 하신 후 잠자리를 하지 않으시니 내가 너무 안타까워서 그런단다. 내가 그분들을 찾아가서 사랑으로 결합하게 해주고 싶으니 내게 애정과 욕망의 능력을 주렴. 두 분 마음속에 애정이 다시 불타오르도록 내가 도와드리고 싶구나."

헤라가 말을 마치자 아프로디테는 가슴에서 아름다운 자수가 놓인 띠를 풀어서 헤라에게 주었다. 그 안에는 그녀의 모든 매력이 깃들어 있어서, 아무리 지혜로운 사람이라도 마음이 흔들리고 마는 달콤한 사랑의 말들이 한가득 담겨 있었으며, 애정과 욕망 또한 함께 담겨 있었다.

아프로디테로부터 원하던 것을 얻은 헤라는 잠의 신 히프노스를 만나서 말했다.

"잠의 신, 부탁 한 가지만 할게요. 내가 제우스 님과 함께 잠자리에 들거든 바로 그이를 잠들게 해줘요. 그러면 내 아름다운 황금 의자를 선물로 줄게요."

그러자 히프노스가 말했다.

"존경하는 헤라 여신님. 다른 신들이라면 제가 쉽게 잠들게할 수 있습니다. 하지만 제우스 님만은 안 됩니다. 전에도 한 번제우스 님을 잠재웠다가 얼마나 혼쭐이 났는지 모릅니다."

그러자 헤라가 말했다.

"괜찮아요, 이번에는 전과 다르니까. 트로이 병사들을 잠깐혼내줄 뿐이니 제우스 님도 그렇게 노여워하지 않을 거예요. 만일 내 청을 들어준다면 그대에게 젊은 카리테스 여신 중 한명을 줄게요. 당신이 늘 사랑하던 파시테아 여신 말이에요. 당신은 줄곧 그녀와 결혼하기를 바라고 있었잖아요."

헤라의 말을 들은 히프노스는 기뻐하며 그녀의 청을 들어주겠다고 약속했다.

헤라와 히프노스는 서둘러 제우스가 있는 이다산으로 갔다. 이다산에 도착하자 히프노스는 전나무 위에 몸을 숨겼고 헤라는 제우스에게 다가갔다. 헤라를 보는 순간 제우스의 현명한눈이 흐려졌다. 헤라가 아프로디테로부터 넘겨받은 욕망의 능력에 빠진 것이었다. 그는 헤라에게 물었다.

"헤라, 당신 탈것도 없이 어디를 가려고 그렇게 서두르는 것이오?"

헤라는 신들의 아버지 오케아노스와 신들의 어머니 테티스를 만나러 간다고, 아프로디테에게 해준 말을 그대로 해주었다. 그러자 제우스가 말했다.

"헤라, 그런 일이라면 아무 때든 가서 해도 되는 일이잖소. 그러니 지금은 나와 함께 있어주시오. 일찍이 그 어떤 여신이나 여인도 내 마음을 이렇게 들뜨게 한 적은 없었소."

헤라는 몇 번이나 거절한 뒤 마지못하는 척 제우스와 잠자리에 들었다. 그들이 사랑을 나누고 난 직후 히프노스는 제우스를 깊은 잠에 빠뜨렸다. 위대한 신 제우스는 잠과 사랑에 제압되어 아내를 껴안은 채 이다산 꼭대기에서 조용히 잠이 들었다.

그러는 사이 잠의 신 히프노스가 그리스군 함대로 달려가 포세이돈에게 말했다.

"포세이돈 님, 어서 그리스군을 도와 이기게 하십시오. 제우스 님께서 깊이 잠들었으니 이 기회를 틈타 그리스인들이 승리의 영광을 맛보게 해주십시오. 내가 아늑한 졸음으로 그분을 온통 감싸놓았고, 헤라 님이 사랑의 묘약으로 홀려놓았으니!"

그러자 포세이돈이 그리스군의 선두에 나서서 큰 소리로 말했다.

　"그리스 병사들이여, 헥토르가 우리 함선을 짓밟게 그냥 두지 마라! 아킬레우스가 없더라도 그대들끼리 얼마든지 승리를 거둘 수 있다! 자, 내가 앞장설 테니 모두 내 뒤를 따르라."

　그러자 디오메데스와 오디세우스, 아가멤논 왕이 부상을 무릅쓰고 앞장서서 대열을 정비했다. 제우스가 잠이 들었으니 이제 전쟁은 신인 포세이돈과 인간인 헥토르 간의 싸움이 되었다. 두 군대는 무시무시한 함성을 내지르며 마주 달려갔다.

　헥토르와 제일 먼저 맞선 사람은 부상당하지 않은 그리스 맹장 아이아스였다. 헥토르가 먼저 아이아스를 향해 창을 던졌다. 하지만 창은 그의 갑옷만 상하게 했을 뿐 상처를 입히지는 못했다. 포세이돈이 보호해주었던 것이다.

　헥토르는 자신이 던진 창이 빗나가자 병사들 무리 속으로 몸을 피하려고 했다. 그 순간 아이아스가 돌덩이를 집어 던졌다. 목에 정통으로 돌을 맞은 헥토르는 피를 토하며 땅에 쓰러졌다. 그러자 그리스 병사들이 그를 잡아서 끌고 가려고 함성을 지르며 달려오면서 창을 던졌다. 하지만 트로이 병사들과 장군들이 헥토르를 둘러싸고 방패로 보호해주어서 맞히지는 못했다. 트로이 병사들은 부상당한 헥토르를 전차에 싣고 성 쪽으로 데려갔다. 사기가 하늘을 찌를 듯 높아진 그리스 병사들은 트로이 병사들을 물리치며 앞으로 나아갔다. 그들의 맨 앞에서 가장 크게 용맹을 발휘한 전사는 바로 헥토르를 쓰러뜨린 아이아스였다.

그리스군, 함선까지 밀려나다

　그러나 제우스가 잠에서 깨어나자 상황이 달라졌다. 제우스가 헤라의 품에서 잠이 깬 것은 트로이군이 그리스군에 쫓겨 달아나는 순간이었다. 제우스의 눈에 트로이군을 맹렬히 쫓고 있는 그리스군 속에서 포세이돈의 모습이 보였다. 또한 헥토르가 피를 쏟으며 전우들 사이에 누워 있는 것이 보였다. 제우스는 무섭게 헤라를 노려보며 말했다.

　"헤라, 당신은 도대체가 내 말을 들어먹지 않는군! 지금 이 상황은 분명 당신의 그 악랄한 머리에서 나온 거겠지! 기어코 전처럼 또다시 허공에 높이 매달리는 벌을 받겠다는 거요?"

　제우스가 무서운 얼굴로 위협하자 헤라는 두려움에 떨며 변명했다. 마음속으로는 무척 떨고 있었지만 목소리는 비단결 같고 말씨는 너무 자연스러워 물이 흐르는 것 같았다.

"트로이인들과 헥토르를 저토록 고통스럽게 한 건 제가 아니라 포세이돈이에요. 그리스인들이 힘들어하는 것을 보고 참을 수가 없었나보죠. 나도 포세이돈을 제자리로 돌아가게 하고 싶답니다."

그러자 제우스가 미소 지으며 헤라에게 말했다.

"그대의 말이 거짓이 아니라면 신들의 전령인 이리스와 태양의 신 아폴론을 내게 불러오시오. 이리스를 포세이돈에게 보내서 전쟁을 그만두고 집으로 돌아가라 이르게 할 것이오. 그리고 아폴론에게는 헥토르를 도와서 그리스군을 물리치게 할 것이오. 그리스군은 아킬레우스의 배들이 있는 곳으로 도망가겠지. 그러면 아킬레우스가 파트로클로스를 싸움터로 내보낼 거고 파트로클로스는 공을 세운 뒤 헥토르의 창 아래 목숨을 잃게 될 거요. 그러면 이번에는 아킬레우스가 화가 나서 헥토르를 죽일 테지. 결국 이 전쟁은 아테나가 세운 계략에 따라 트로이가 그리스군 손에 함락당할 때까지 끝나지 않을 거요. 테티스가 내게 아킬레우스의 명예를 높여달라고 간청하던 날, 나는 고개를 끄덕여 약속했소. 아킬레우스의 소망이 이루어지기 전에는 내 결코 이 싸움에서 물러서지 않을 것이니 그 어느 누구든 함부로 끼어들면 용서하지 않겠소."

헤라는 제우스의 명령대로 이리스와 아폴론을 불러올 수밖에 없었다. 먼저 이리스를 향해 제우스가 말했다.

"이리스, 포세이돈에게 가서 내 말을 빠짐없이 전하라. 그에게 더 이상 이 전쟁에 끼어들지 말고 바닷속 궁전으로 돌아가라고 일러라. 그가 내 말을 무시하거든, 그와 나 제우스 중에 누가 과연 더 강한 힘을 지녔는지 잘 생각해보라고 해라."

이리스는 포세이돈에게 가서 제우스의 말을 그대로 전했다. 포세이돈은 모욕감을 느꼈지만 만일 거역한다면 제우스가 직접 와서 그와 힘을 겨루리라는 말을 듣고는 할 수 없이 복종했다. 하지만 그는 자존심을 세우기 위해 다음과 같이 덧붙이는 것을 잊지 않았다.

"안타깝고 화가 치밀지만 그대가 조리 있게 이야기를 전해주었으니 내 하라는 대로 따르겠다. 하지만 만일 제우스가 끝까지 트로이 편을 들어 그리스인들에게 위대한 승리를 안겨주지 않는다면 무슨 일이 벌어질지 장담 못 한다. 그럴 경우 모든 신들이 걷잡을 수 없는 분노에 빠져들 거란 사실을 제우스도 알아둬야 할 거야."

말을 마친 후 대지를 흔드는 바다의 신 포세이돈은 그리스 백성들 곁을 떠나 바닷속 궁전으로 돌아갔다.

포세이돈이 자신의 궁전으로 돌아가자 제우스가 아폴론에게 말했다.

"사랑하는 내 아들아, 이제 헥토르에게 가거라. 그 무서운 포세이돈이 바닷속으로 들어갔구나. 얼마나 다행인지! 만일 그가 내 말에 거역해 나와 싸움이라도 벌였으면 어쩔 뻔했느냐! 어쨌든 너는 헥토르에게 힘과 용기를 불어넣어 그리스 병사들을 숨 돌릴 사이도 없이 몰아치게 만들어라. 그리스 병사들이 다시 숨을 돌릴 수 있게 할 방도는 내가 알아서 할 테니."

아버지 제우스의 명령을 받은 아폴론은 매처럼 빠르게 헥토르에게로 갔다. 헥토르는 정신이 들어 주위의 전우들을 알아볼 수 있는 상태였다. 제우스의 뜻이 벌써 그를 소생시킨 것이었다. 아폴론이 그에게 말했다.

"자, 헥토르. 용기를 내라. 제우스께서 이다산에서 그대를 도우라고 명령하셨다! 내가 앞장서서 말을 몰며 길을 열 테니 그대는 모든 병사들에게 그리스 함대 쪽으로 돌격하라고 명령해라!"

아폴론 신의 말을 들은 헥토르는 마치 말이 갈기를 휘날리며 가벼운 발걸음으로 앞으로 나아가듯, 경쾌한 몸놀림으로 병사들을 독려했다. 아폴론이 그에게 기운을 불어넣어준 것이다. 호기롭게 트로이 병사들의 뒤를 쫓던 그리스 병사들은 심한 부상을 당한 헥토르가 아무 일 없었다는 듯 멀쩡히 일어나 용맹스럽게 공격해 오는 모습을 보자 사기가 뚝 떨어졌다. 그러고는 싸울 엄두도 내지 못한 채 허겁지겁 도망가기에 바빴다. 트로이 장군들과 병사들은 그리스군을 뒤쫓으며 사정없이 죽이기 시작했다. 마치 어린아이가 바닷가에서 모래성을 쌓았다가 허물어버리듯이 트로이 병사들은 그리스 진영을 쉽게 허물어뜨렸다. 트로이 병사들 맨 앞에서 아폴론 신이 진두지휘하고 있었으니 그리스 병사들이 어떻게 버텨낼 수 있겠는가!

헥토르는 좌충우돌하며 그리스 장군들과 병사들을 무참히 쓰러뜨렸다. 마치 사자가 들판에서 넋 놓고 풀을 뜯고 있는 소떼를 향해 달려들어 몰아치는 것 같았다. 도망치기에 바쁜 그리스 병사들에게 네스트로를 비롯한 장군들이 맞서 싸우라고 독려했지만 소용이 없었다. 그들은 이미 전의를 상실한 채 자신들이 몰살당하고 말 거라는 생각에 사로잡혀 있었다. 트로이 병사들은 그리스군 함선까지 점령할 기세였다. 그토록 용감하게 헥토르에 맞서 싸웠던 그리스군의 맹장 아이아스마저 이제 자신들은 정말 끝이라 생각하며 속절없이 밀려날 밖에 도리가 없었다. 하지만 그런 순간에도 그는 끊임없이 그리스 병사들을 독려하며 날카로운 창을 계속 휘둘렀고 그의 창에 무수히 많은 트로이 병사들이 목숨을 잃었으니, 그는 참으로 용맹스러운 장군이었다.

파트로클로스의 죽음

한편 아킬레우스의 죽마고우인 파트로클로스는 자신의 절친한 벗 에우리필로스가 부상을 입자 그의 막사에서 그를 위로해주고 있었다. 그때 트로이 병사들이 방벽을 뛰어넘는 소리가 들려왔고 그리스 병사들의 비명소리가 뒤따라 그의 귀를 울렸다. 그는 더 이상 참을 수가 없었다. 그는 아킬레우스에게로 달려가서 눈물을 흘렸다. 그가 우는 모습을 보고 아킬레우스가 물었다.

"파트로클로스. 자네 왜 쓸데없이 계집아이처럼 눈물을 보이고 그러나?"

그러자 파트로클로스가 슬피 탄식하며 말했다.

"펠레우스의 아들 아킬레우스! 그리스인 가운데 가장 용감한 자네! 화내지 말고 내 말 좀 들어보게. 슬프게도 지금 우리 그리스군은 너무 상황이 안 좋네. 가장 용맹스러운 전사들이 모두 부상을 입고 누워 있다네. 디오메데스는 화살에 맞았고 오디세우스와 아가멤논조차 창에 찔렸어. 내 친구 에우리필로스도 허벅지에 부상을 입었고.

아, 아킬레우스, 이 무심한 친구! 자네는 펠레우스와 테티스의 아들이 아닌 게 분명해. 자네는 저 무정한 바위가 낳은 게 틀림없어. 그렇게나 고집불통이니 말이야. 정녕 그리스인들을 구하러 나서지 않겠다면 나한테 자네 갑옷을 주게. 내가 자네 대신 그 갑옷을 입고 자네 병사들을 이끌고 나가게 해주게. 혹시 트로이 병사들이 나를 자네인 줄 착각하고 싸움터에서 물러날지도 모르니. 그러면 지칠 대로 지친 그리스군의 용감한 아들들이 잠시나마 숨을 돌리고 다시 적군을 물리칠 수 있을 테니.”

그러자 아킬레우스가 크게 화를 내며 말했다.

“제우스 님의 후손인 파트로클로스, 그게 무슨 말인가! 죽마고우인 자네가 내 슬픔을 몰라주다니! 내가 얼마나 명예를 더럽혔는지 몰라주다니! 하지만 나도 지난 일은 잊으려 애를 쓰고 있다네. 나도 싸움에 나서고 싶어. 하지만 적들이 내지르는 함성이 내 함선들까지 들려오기 전에는 절대 분노를 가라앉히지 않겠다고 맹세하는 말을 이미 해버렸다네. 그러니 이제 와서 내가 나설 수는 없어."

잠시 숨을 돌린 아킬레우스가 이어서 말했다.

"하지만 이렇듯 눈물로 간청하니 내 자네 말을 들어주겠네. 내 갑옷을 걸치고 우리 병사들을 거느리고 전장으로 가게. 용감히 싸움터에 뛰어들어 적들이 그리스 함선에 불을 놓지 못하도록 만들게. 하지만 내게 한 가지 다짐을 해주게. 우리 함대를 넘보지 못하게 적군을 물리치고 나면 그 즉시 되돌아와야만 하네. 설사 제우스 님께서 자네에게 승리의 영광을 허락하더라도 더 이상 트로이군을 뒤쫓아 가 싸우면 안 돼! 내 말 꼭 명심하게! 자, 내가 우리 병사들을 모을 테니까 자네는 빨리 내 갑옷을 입도록 하게."

아킬레우스의 말이 끝나자 파트로클로스는 번쩍이는 아킬레우스의 갑옷으로 무장을 했다. 어깨에 은장식을 한 청동 칼과 방패를 멘 후, 멋진 투구를 머리에 쓰고 창을 두 자루 집어 드니 영락없이 아킬레우스의 모습이었다. 파트로클로스가 무장을 갖추는 사이 아킬레우스는 자신의 병사들을 모은 후 명령했다.

"더없이 용감한 나의 병사들이여! 그동안 적들이 우리를 비웃는 것을 꾹 참고 잘도 견뎌왔다. 내가 귀향이나 꿈꾸며 한가롭게 지낸다고 그대들이 나를 비난해온 것을 나는 잘 알고 있다! 자, 이제 때가 되었다. 드디어 그대들이 고대하던 전투를 하게 되었으니 모두 용감하게 트로이인들과 맞서 싸우라!"

아킬레우스의 말에 병사들이 크나큰 환호성으로 답했다.

무장한 파트로클로스와 아킬레우스의 병사들은 사기충천하여 트로이군을 향해 진격했다. 마치 벌집을 잘못 건드리는 바람에 벌 떼가 새카맣게 쏟아져 나와 마구 달려드는 모습과 같았다. 파트로클로스가 큰 소리로 병사들에게 외쳤다.

"전우들이여! 아킬레우스의 전사들답게 용감하게 싸우자! 그래야 우리가 아킬레우스의 명예를 드높일 수 있을 것이다! 그래야 아가멤논이 그리스인 중에 가장 용감한 장군을 존중하지 않은 잘못을 깨닫게 될 것이다!"

그들이 무서운 함성을 지르며 트로이군을 향해 돌격하자 트로이 병사들은 파트로클로스의 모습을 보고 크게 술렁거렸다. 그의 갑옷과 무기를 보고 아킬레우스가 싸움터에 나온 줄 알았던 것이다. 그들은 마침내 아킬레우스가 아가멤논과 화해했다고 생각했다. 더구나 파트로클로스가 맨 먼저 마주친 트로이 장군 한 명을 단번에 창을 던져 죽여버리자 트로이군은 공포에 질려 어쩔 줄 몰라 허둥댔다.

한순간 트로이군은 그리스 함대로부터 물러났다. 그러나 곧 재정비를 한 트로이군이 반격을 했고 치열한 전투가 시작되었다. 그 전투에서 그 누구보다 용감하게 싸운 것은 바로 파트로클로스였다. 그가 트로이군에서 가장 용감한 장군 중 한 명인 사르페론과 일대일 결투를 벌여 그를 죽이자 그리스군의 사기는 하늘로 치솟았다.

드디어 트로이군이 퇴각하기 시작했다. 파트로클로스는 후퇴하는 트로이군의 뒤를 맹렬히 추격했다. 트로이 성까지 단숨에 함락할 것 같은 기세였다. 그는 너무 싸움에 몰두하여 아킬레우스가 신신당부하던 말을 잊고 말았다.

트로이 성탑 위에서는 아폴론 신이 트로이군을 돕고 있었다. 파트로클로스는 세 번 거듭 성벽을 타고 올랐고 그럴 때마다 아폴론 신은 그를 힘껏 밀쳐 떨어뜨렸다. 파트로클로스가 포기하지 않고 네 번째로 성벽을 타고 올랐다. 그러자 참다못한 아폴론이 마침내 무시무시한 목소리로 호통을 쳤다.

"그만하라, 제우스 님의 후손 파트로클로스! 트로이는 너한테 무너질 운명이 아니다! 너보다 훨씬 용감한 아킬레우스도 함락하지 못할 것이다!"

파트로클로스는 아폴론의 노여움을 피하기 위해 뒤로 멀리 물러섰다.

　이때 헥토르는 다시 싸움을 시작할 것인지, 아니면 군사들을 모두 성벽 안으로 후퇴하게 할 것인지 망설이고 있었다. 그러자 아폴론이 헥토르의 외삼촌 모습을 하고 그의 곁으로 가서 그를 부추겼다.

　"헥토르! 왜 나아가 싸우지 않느냐? 정말이지 너답지 못하구나. 내가 너만큼 강했더라면 이처럼 부끄럽게 뒤에 숨어 있지 않을 것이다! 너는 정녕 저 파트로클로스가 저렇게 날뛰도록 내버려둘 참이냐?"

　헥토르는 부끄러웠다. 그는 다른 그리스 병사들은 거들떠보지 않고 곧장 파트로클로스를 향해 전차를 타고 내달렸다. 헥토르가 가까이 다가오자 파트로클로스가 그를 향해 돌을 던졌다. 하지만 돌은 헥토르를 맞히지 못하고 전차를 모는 병사의 양미간을 맞혔다. 병사가 죽어 넘어지자 헥토르는 전차에서 땅으로 뛰어내렸고 파트로클로스도 달려들었다. 둘이 한데 뒤엉켜 혈투를 벌였다. 마치 굶주린 사자 두 마리가 먹이를 놓고 사투를 벌이는 것 같았다. 그들이 엉켜 싸우자 트로이 병사들과 그리스 병사들도 서로 어우러져 격렬한 전투를 벌였다.

하지만 아, 파트로클로스는 자신의 운명이 다할 것을 짐작조차 하지 못했다! 승리에 취해, 트로이군을 함대에서 물러나게 하면 바로 돌아오라는 아킬레우스의 다짐을 잊고 말았던 것이다! 그가 맞서고 있는 것이 눈앞의 인간 헥토르가 아니라 아폴론 신이라는 것을 그는 꿈에도 알지 못했다!

싸움에 몰두한 파트로클로스는 변장을 한 아폴론 신이 다가오는 것을 볼 수 없었다. 아폴론은 자욱한 안개를 피워 올려 모습을 숨긴 채 접근해 왔다. 아폴론이 뒤로 몰래 다가가 등과 어깨를 손바닥으로 내리치자 파트로클로스는 충격을 받고 휘청거렸다. 아폴론이 다시 머리를 내리치자 그의 투구가 요란한 소리를 내며 땅에 떨어졌다. 파트로클로스는 뒤로 물러서려 했다. 그러나 헥토르가 기회를 놓치지 않았다. 헥토르는 휘청거리는 파트로클로스에게 다가가 창으로 그의 아랫배를 힘껏 찔렀다. 그 일격에 파트로클로스는 죽음을 맞았고 그의 혼은 죽음의 신 하데스의 궁으로 날아가버렸다.

아가멤논의 동생 메넬라오스는 파트로클로스가 헥토르의 손에 쓰러지는 광경을 멀리서 보았다. 그는 트로이 병사들이 파트로클로스의 시신과 갑옷, 무기를 챙기려 하자 재빨리 말을 몰아 달려갔다. 그것들을 빼앗기지 않기 위해서였다. 그는 트로이 병사들을 맞아 맹렬히 싸웠다. 메넬라오스가 파트로클로스의 시신을 가운데 두고 싸우는 것을 본 헥토르가 다시 달려와 싸움에 끼어들었다. 힘이 부친 메넬라오스는 도망갈 수밖에 없었다. 헥토르는 우선 파트로클로스가 입고 있던 갑옷을 챙겼다. 그러고는 저 용맹한 아킬레우스가 그토록 애지중지하던 그 갑옷을 몸에 걸쳤다. 헥토르가 아킬레우스의 갑옷을 손에 넣고 멀찍이 가서 갈아입는 사이 메넬라오스는 아이아스와 함께 그곳으로 되돌아왔다. 다른 그리스 전사들도 합세했다. 두 사람과 그리스 병사들은 파트로클로스의 시신을 수습하기 위해 트로이 병사들과 격렬한 싸움을 벌였다. 결국 그들은 파트로클로스의 시신을 손에 넣을 수 있었다.

하지만 제우스는 아직 트로이인 손을 들어주고 있었다! 트로이 병사들이 시신을 못 건드리도록 싸우고 있던 아이아스와 메넬라오스도 그것을 잘 알고 있었다. 이대로 가다가는 곧 트로이군에게 다시 시신을 빼앗길 수밖에 없었다. 아이아스가 탄식했다.

"아, 아버지 제우스 님께서 저 트로이인들을 돕고 있다는 걸 누가 모를까! 용감하든 비겁하든 저자들이 창을 던지기만 하면 백발백중이니 제우스 님께서 돕고 계심이 확실할 수밖에! 아, 어떡해야 우리 용감한 파트로클로스의 시신을 저자들에게 빼앗기지 않을까? 아킬레우스가 만일 이 소식을 듣는다면 당장에 달려와 우리를 도울 텐데. 하지만 누가 있어 아킬레우스에게 달려가 그토록 사랑하는 친구 파트로클로스의 죽음을 알릴까?"

그때 멀리 네스트로의 아들 안틸로코스의 모습이 보였다. 메넬라오스가 싸움터에서 몸을 빼 안틸로코스에게 달려갔다.

"안틸로코스, 너무나 슬픈 소식이 있소. 우리의 가장 용감한 전사 파트로클로스가 헥토르의 손에 죽고 말았소. 이 소식을 어서 빨리 아킬레우스에게 전하시오. 그가 도와주지 않는다면 그가 그토록 사랑하는 친구의 시신을 적들에게 빼앗길 수밖에 없다고! 아킬레스의 갑옷과 투구와 무기를 헥토르가 빼앗아 갔다고!"

그 이야기를 듣자 안틸로코스는 몸을 벌벌 떨었다. 그는 한동안 말도 하지 못한 채 눈물만 흘렸다. 이윽고 진정이 되자 그는 즉시 아킬레우스의 함선을 향해 달려갔다. 안틸로코스를 아킬레우스에게 보낸 메넬라오스는 다시 아이아스 곁으로 돌아와 말했다.

"내가 안틸로코스를 아킬레우스에게 보냈소. 하지만 아킬레우스가 파트로클로스의 죽음에 아무리 분노하더라도 당장 달려오지는 못할 것이오. 갑옷과 무기를 모두 헥토르가 차지했으니 새로 장만하기 전까지는 싸움에 나설 수 없을 테니 말이오. 그러니 우리끼리 어떻게 해서든 파트로클로스의 시신을 옮겨 가기로 합시다."

그리스 전사들은 시신을 번쩍 들어올렸다. 아이아스와 그와 이름이 같은 또 다른 아이아스가 추격하는 적군 앞을 가로막고 싸우는 사이 메넬라오스와 메리오네스가 시신을 메고 열심히 뛰었다.

아킬레우스, 아가멤논과 화해하다

　한걸음에 아킬레우스에게로 달려간 네스트로의 아들 안틸로코스는 그를 만나자 침통하게 말했다.

　"아, 펠레우스의 아들 아킬레우스! 그대에게 슬픈 소식이 있소. 파트로클로스가 죽었소. 그의 시신을 두고 양군이 싸우고 있고 그가 입고 있던 갑옷과 투구는 헥토르가 가져갔소."

　경악한 아킬레우스가 되물었다.

　"뭐라고? 다시 말해보시오! 누가 죽었다고?"

　"파트로클로스가 죽었소."

　"파트로클로스? 파트로클로스라고! 아, 내 친구여!"

　믿기지 않는 소식에 아킬레우스는 목 놓아 울부짖으며 울었다. 그의 울음소리가 너무 커서 바닷속 그의 어머니 테티스에게까지 들렸다. 아들의 울음소리에 깜짝 놀란 테티스가 아킬레우스에게 달려왔다.

"아들아, 어째서 우는 거냐? 무슨 일이 벌어졌기에 그리 슬퍼하느냐? 일전에 내가 온 그리스인이 너를 그리워하게 해달라고 제우스 님께 부탁드렸고 그분께서는 그 소원을 들어주시지 않았느냐?"

"맞습니다, 어머니. 제우스께서 어머니 기도를 들어주셨지요. 하지만 이제 아무 소용 없습니다. 제가 그 누구보다 사랑하는, 제 목숨처럼 아끼는 친구 파트로클로스가 죽어버렸으니까요! 아, 이제 어머니는 아들의 죽음을 슬퍼하시게 될 겁니다. 전 고향 그리스로 살아서 돌아가고 싶은 생각이 손톱만큼도 없습니다. 제 손으로 헥토르를 찔러 죽여 파트로클로스를 죽인 대가를 반드시 받아내고야 말 겁니다!"

테티스가 눈물을 흘리며 말했다.

"아, 내 아들. 넌 정말이지 오래 못 살 운명인 모양이구나! 죽음이란 말을 어쩜 그렇게 쉽게 입에 담는단 말이냐!"

그러자 아킬레우스가 역정을 내며 말했다.

"어머니, 전 지금 이 자리에서 죽어버리고 싶어요. 제가 파트로클로스를 얼마나 사랑했는지 어머니도 잘 아시지 않습니까.

어머니, 저는 이제 제 마음속 분노를 거두어들이렵니다. 분노란 달디단 꿀보다 더 달콤해서 한번 가슴에 맺히면 연기처럼 피어올라 퍼져나가지요. 제아무리 현명한 사람이라도 쉽게 분노를 거두어들일 수는 없어요. 하지만 저는 지금부터 아기멤논을 향한 분노를 억누를 겁니다. 대신 파트로클로스를 죽인 헥토르를 향한 분노로 내 가슴을 채울 겁니다. 그러니 부디 제 결심을 막지 말아주십시오."

그러자 테티스가 말했다.

"아들아, 내 어찌 너를 막겠느냐. 지칠 대로 지친 전우들을 구하기 위해 나서는 것은 더없이 고귀한 일이지! 어서 나가 싸우도록 해라. 하지만 아직은 기다려라. 네 갑옷과 투구를 모두 헥토르가 걸치고 뽐내고 있으니. 내가 헤파이스토스 신에게 가서 네 갑옷과 투구를 만들어달라고 부탁하겠다. 그러니 내일 아침 해가 뜰 무렵, 내가 아름답고 훌륭한 새 갑옷과 투구를 가져올 때까지는 싸움에 나서지 말거라."

말을 마친 테티스 여신은 올림포스를 향해 올라갔다.

한편 싸움터에서는 여전히 파트로클로스의 시신을 두고 쫓고 쫓기는 싸움이 계속되고 있었다. 자기네 진영으로 시신을 가져가려는 그리스군의 뒤를 헥토르가 금세 따라잡았다. 그가 시신의 발에 손을 대자 아이아스가 저지하려 했다. 그러나 그는 너무 지쳐 헥토르를 파트로클로스의 시신에서 물러서게 할 수 없었다.

바로 그 순간 아킬레우스가 나타났다. 그는 어머니의 당부대로 직접 싸움터로 나서지는 않았다. 대신 멀리 서서 고함을 질렀다. 그러자 트로이군은 공포에 사로잡혔다. 그들 눈에는 아킬레우스의 머리에서 불길이 이는 것만 같았다. 너무 놀라 넋이 나간 트로이군이 물러서는 사이 그리스군은 무사히 파트로클로스의 시신을 끌어내어 들것에 실을 수 있었다.

파트로클로스의 시신을 구해 가져온 그리스 진영에서는 날이 새도록 울음소리가 끊이지 않았다. 하지만 그 누구보다 목놓아 운 사람은 바로 아킬레우스였다. 그는 눈물을 흘리며 말했다.

"파트로클로스, 함께 승리를 거두고 돌아가기로 약속했는데 이제 헛일이 되어버렸네. 우리 두 사람 모두 이 트로이에서 우리 피로 땅을 물들일 운명인가 봐. 내 저 헥토르의 목숨을 빼앗기 전에는 결코 자네의 장례식을 치르지 않을 거야! 우리가 트로이를 정복하는 날, 모든 사람이 그대의 죽음을 슬퍼하게 만들 테니 두고 보게!"

그사이 올림포스산으로 올라간 아킬레우스의 어머니 테티스 여신은 대장장이 신 헤파이스토스의 눈부시게 빛나는 궁전으로 향했다. 신들의 궁전 중에서도 가장 멋진 그 궁전은 절름발이 신인 그가 직접 지은 것이었다. 테티스는 헤파이스토스에게 그간의 사정을 말하고 아킬레우스의 갑옷과 투구, 방패를 만들어달라고 했다. 헤파이스토스는, 전에 테티스 여신에게 큰 은혜를 입었는데 어찌 거절하겠느냐며 기꺼이 만들어주겠다고 했다. 헤파이스토스가 절름발이로 태어나자 헤라가 그를 올림포스산에서 내던졌고 버림받은 그를 바다의 여신 테티스가 받아서 9년 동안 돌보아준 것이다.

그는 먼저 크고 튼튼한 방패를 만들었다. 그는 다섯 겹으로 된 방패에 훌륭한 솜씨로 여러 가지 그림과 형상을 새겨 넣었다. 세상에서 가장 아름답고 튼튼한 방패를 만든 후에 헤파이스토스는 이어서 갑옷과 투구를 만들었다. 그러고는 그 전투 장비들을 테티스 여신 앞에 내놓았다. 여신은 그것들을 건네받아 들고 눈 덮인 올림포스산에서 뛰어내렸다.

새벽의 여신이 인간들에게 빛을 가져다 줄 무렵 테티스는 헤파이스토스 신의 선물을 지닌 채 그리스 함대가 주둔한 곳에 이르렀다. 사랑하는 아들 아킬레우스가 파트로클로스의 시신

옆을 지키며 흐느껴 울고 있었고 많은 그리스 전사들도 그 곁에서 함께 울음을 삼키고 있었다. 그녀는 아들의 손을 꼭 잡고 말했다.

"아들아! 아무리 마음이 아파도 이제 그만 슬퍼하려무나. 그가 쓰러진 것은 신의 뜻이란다. 자, 정신을 차리고 헤파이스토스가 만든 이 투구와 갑옷과 방패를 받아라. 신이 만든 이렇게 멋진 갑옷을 걸쳐본 사람은 아직 없었단다."

그것들을 받아 든 아킬레우스가 말했다.

"어머니! 너무나 훌륭합니다. 정말 불사신이 만든 장비답군요. 이제 무장하고 싸움터로 가봐야겠습니다."

아킬레우스는 갑옷을 입고 방패를 든 후 그리스 진지로 갔다. 그런 다음 사람들을 불러 모았다. 아킬레우스가 다시 전장에 모습을 나타냈다는 소식을 듣고 너도나도 모여들었다. 아이아스는 물론이고 아직 상처가 낫지 않은 디오메데스와 오디세우스도 절룩이면서 나타났다. 끝으로 역시 부상당한 아가멤논이 모습을 드러냈다. 모두 모이자 아킬레우스가 일어나서 말했다.

"아가멤논 왕! 우리가 여자 한 명 때문에 원한을 품고 싸웠지만 결국 적들에게만 이로운 꼴이 되고 말았군요! 자, 아무리 괴롭더라도 지난 일은 다 잊고 우리 마음을 달래도록 합시다. 그러니 어서 그리스 병사들을 이끌고 싸움터로 나가도록 하시오. 나도 기꺼이 적들과 맞서겠소."

아킬레우스가 진정으로 자신을 향한 분노를 거두었다는 사실을 알고 나자 아가멤논은 너무 기뻤다. 그는 그 자리에 앉은 채 말했다.

"아킬레우스, 내가 참으로 어리석었소. 하지만 나를 그토록 광기에 휩싸이게 한 것도 신들의 뜻. 이제 그분들이 내게서 광기를 거두어 가셨으니 내 다시 온전한 정신으로 말하리다. 내가 어리석었다는 것을 인정하면서 그 징표로 그대에게 많은 보상금을 내놓겠소. 자, 아킬레우스. 이제 우리 전장으로 나갑시다. 어제 오디세우스를 통해 약속한 선물을 빠짐없이 다 드리도록 할 테니."

그러자 아킬레우스가 대답했다.

"아트레우스의 아들! 난 선물 따위에는 관심이 없소. 모든 것은 그대가 다 알아서 하시오. 지금은 서둘러 싸움 준비나 합시다."

그렇지만 아가멤논은 부하에게 명령하여 아킬레우스에게 약속한 값진 선물들을 가져오게 했다. 그 가운데는 아름다운 브리세이스도 당연히 포함되어 있었다.

이윽고 아킬레우스가 전투 준비를 끝냈다. 갑옷을 입고 청동 칼과 방패를 들자 번쩍이는 빛이 달빛처럼 까마득히 뿜어져 나갔다. 그는 투구를 쓰고 창 걸이에서 아버지가 쓰던 창을 뽑아 들었다. 아킬레우스 외에는 그리스인 중 그 누구도 들고 휘두를 수 없는 길고 무거운 창이었다. 마침내 아킬레우스는 전차에 올라타 앞으로 달려 나갔다.

신들의 싸움

아킬레우스가 무장을 하고 앞장서자 사기충천한 그리스군이 그 뒤를 따랐다. 트로이군도 대열을 정비하고 맞은편 언덕 위에 진을 쳤다.

올림포스 정상에서는 제우스가 신들을 불러 모아놓고 회의를 열었다. 모든 신들이 다 모였고 아름다운 숲과 초원에 사는 요정들도 다 모였다. 제우스의 형제인 바다의 신 포세이돈도 제우스의 부름을 거절하지 않았다. 포세이돈이 자리에 앉으며 제우스에게 물었다.

"번쩍이는 번개의 신 제우스, 그대는 무슨 일로 우리 신들을 이렇게 모이게 한 거요? 저들이 이제 전투를 막 시작하려고 하는데, 무슨 의도가 있어서 우리를 부른 것 아니오?"

그 말에 제우스가 대답했다.

"대지를 흔드는 바다의 신 포세이돈! 그대는 역시 내 마음을 잘 읽는구려. 나도 저들이 싸우는 게 영 신경 쓰이오. 하지만 나는 이제 여기 올림포스 꼭대기에 앉아 저들이 싸우는 모습을 구경이나 하며 즐기려 하오. 그대들은 각자 그리스인과 트로이인 어느 쪽이든 찾아가 마음 내키는 대로 돕도록 하시오. 아킬레우스가 저렇게 사납게 날뛰는 것을 그냥 내버려두다간 그가 신이 정한 운명까지 깨버릴까 두렵소!"

제우스가 명령을 내리자 신들은 양편으로 갈라져 싸움터로 달려갔다. 헤라와 아테나와 포세이돈은 그리스 함선 쪽으로 달려갔고 행운의 신 헤르메스도 그들을 뒤따랐다. 또한 힘이 뛰어난 헤파이스토스도 함께했다. 반면에 전쟁의 신 아레스와 태양신 아폴론, 활의 여신 아르테미스가 트로이 쪽을 향했고 레토와 크산토스, 아프로디테가 그 뒤를 따랐다. 그리고 각자 자신이 편드는 쪽 병사들의 용기를 북돋우고 도와주었다.

이렇게 신들은 인간들의 싸움에 끼어들어 자신들끼리 격렬하게 싸웠다. 인간들과 신들의 아버지 제우스는 위에서 무섭게 천둥을 울려댔고 아래에서는 포세이돈이 드넓은 땅과 깎아지른 산을 흔들어댔다. 포세이돈에게는 아폴론이 맞섰고 전쟁의 신 아레스에게는 아테나가 맞섰다. 헤라에게는 황금 화살을 가진 아르테미스가 맞섰고 레토에게는 헤르메스가 맞섰다.

마침내 싸움에 나선 아킬레우스는 전쟁터를 누비며 열심히 헥토르를 찾았다. 하지만 제일 먼저 아킬레우스와 맞선 것은 아프로디테의 아들인 아이네이아스였다. 아폴론이 그에게 용기를 주어 아킬레우스에게 맞서게 한 것이다. 아이네이아스가 먼저 아킬레우스를 향해 창을 던졌다. 하지만 그의 창은 헤파이스토스가 공들여 만든 방패를 뚫지 못했다. 이번에는 아킬레우스가 창을 던졌고 아이네이아스는 휘청거렸다. 그러자 아킬레우스가 칼을 빼들고 달려들었다. 하지만 아이네이아스의 운명이 아직 다하지 않았음을 안 포세이돈이 그를 보호해주어서 가까스로 위기를 면할 수 있었다. 포세이돈은 그리스 편을 들고 있었지만 헤라나 아테나 같은 신들만큼 적극적이지는 않았다.

헥토르도 아킬레우스와 맞서기 위해 용감히 앞으로 나서려 했다. 하지만 아폴론이 그의 귀에 대고 말했다.

"헥토르, 절대로 그와 직접 맞서지 말고 병사들 틈에 숨어서 기다리도록 하라."

헥토르가 아폴론의 명에 따라 앞으로 나서지 않자 아킬레우스에게는 거칠 것이 없었다. 아, 그의 창과 칼 아래 얼마나 많은 트로이 장군들이 목숨을 잃었는지! 마치 바싹 마른 산의 깊은 계곡을 따라 사나운 불길이 번져나가듯 아킬레우스가 창을 들고 사방으로 내달으며 트로이 장군들과 병사들을 뒤쫓아 죽이니, 검은 대지에 피가 내를 이루어 흘렀다.

도망가는 트로이 병사들을 그리스 병사들이 쫓으며 크산토스 강 여울목에 이르렀을 때 아킬레우스는 부대를 둘로 나누었다. 일부는 트로이 성을 향해 들판을 계속 나아가게 하고 자신은 그곳에서 트로이 병사들과 전투를 벌였다. 여기서도 아킬레우스의 창과 칼은 사정이 없었다. 그는 적들을 사정없이 죽였으나 분노는 가라앉을 줄 몰랐다. 그의 분노는 헥토르를 만나서 둘 중 하나가 죽기 전까지는 결코 가라앉을 수 없었다. 아킬레우스가 너무 사납게 날뛰며 크산토스 강물을 피로 물들이자 강의 신이 분노했다. 그가 아킬레우스에게 말했다.

"아킬레우스, 그대는 인간이면서 자기 주제도 모르고 도를 넘어선 짓을 하고 있다. 어서 그만두지 못할까! 제우스께서 트로이인들을 모두 죽이기를 허락하셨더라도 이곳을 더럽히지 말고 저 들판으로 그들을 몰고 가서 죽여라. 내 사랑스러운 물줄기를 이렇게 피로 물들이다니! 어서 그만두지 못할까!"

하지만 아킬레우스는 계속 창과 칼을 휘둘러댔다. 그러자 화가 난 강의 신이 그를 사납게 덮쳤다. 아킬레우스가 제아무리 용감하더라도 어찌 신과 맞설 수 있을 것인가! 그는 곧 위기에 몰렸다. 그때 바다의 신 포세이돈과 아테나가 사람의 모습을 하고 재빨리 나타나 그에게 힘을 불어넣고는 사라졌다. 그는 마치 자신이 신이라도 된 듯이 강의 신에게 덤벼들었다. 크게 노한 강의 신이 검푸른 물결로 변해 그를 덮치려 했다. 그 광경을 보고 있던 헤라가 헤파이스토스에게 말했다.

"뭐 하고 있느냐, 헤파이스토스. 어서 가서 너의 불길로 아킬레우스를 도와라. 나는 사나운 폭풍을 불러 일으켜 그를 막을 테니."

헤파이스토스가 곧장 달려가 거센 불길을 일으키자 순식간에 들판이 마르고 검은 물결이 가라앉았다.

이윽고 들판에서는 신들의 격렬한 싸움이 시작되었다. 아레스가 아테나에게 달려들며 욕설을 퍼부었다.

"이 형편없는 것! 전에는 디오메데스를 시켜서 나한테 상처를 입히더니 이번에는 직접 창을 들고 나와 겨룰 용기가 난 거냐? 톡톡히 그 대가를 치르게 해주마!"

그러자 아테나가 받아쳤다.

"어리석은 것! 나와 맞붙겠다니! 내가 너보다 얼마나 강한지 아직 모른단 말이냐! 너는 어머니가 응원하는 그리스를 외면하고 트로이 편을 들고 있으니 곧 어머니의 저주를 받을 것이다!"

이렇게 신들은 서로 욕설을 퍼부으며 싸우기 시작했다. 포세이돈과 싸우던 아폴론이 문득 부끄러움을 느끼고 물러서자 이번에는 아르테미스가 나섰다. 그러자 헤라가 나서서 아르테미스에게 상처를 입혔다. 그러자 이번에는 레토가 나서서 헤르메스가 맞섰다. 하지만 신들의 싸움은 오래 지속되지 않았다. 아폴론은 아버지의 형제와 싸움박질하는 것이 낯 뜨거웠고 아르테미스는 아버지의 부인과 다투는 것이 민망했기 때문이다. 신들은 싸움을 멈추고 올림포스로 돌아가 제우스 곁에 앉았다. 어떤 신은 아직 분노를 삭이지 못하고 있었고 어떤 신은 흡족한 표정으로 기세등등하기도 했다. 아폴론만이 트로이가 함락될 것을 염려해서 트로이 성으로 들어갔다.

신들의 싸움이 멎자 아킬레우스가 트로이군을 계속 추격하며 칼과 창을 휘둘렀다. 성탑 위에 서 있던 트로이의 왕 프리아모스는 아킬레우스의 모습을 알아보았다. 아킬레우스에게 쫓긴 트로이 병사들은 뒤도 돌아보지 않고 무작정 달아나고 있었고 도저히 그들을 구할 방도가 없어 보였다. 그들을 가엾게 여긴 아폴론 신이 없었다면 그들은 아마 아킬레우스의 손에 모두 죽고 트로이 성도 함락되었으리라! 트로이 병사들은 아폴론의 도움으로 겨우 성안으로 도망갈 수 있었다. 아폴론이 트로이 장군의 모습으로 변신하고 아킬레우스 앞에 나타나서 그를 다른 곳으로 유인하는 사이 트로이군은 무사히 성안으로 피신할 수 있었던 것이다. 그들은 감히 성 밖에서 다른 동료들을 기다릴 여유도 없었고, 또 누가 죽었는지 살았는지 궁금해할 겨를도 없었다. 그들은 자기 한 몸 건사하는 데 급급했고 어서 성안으로 달아나야 한다는 생각뿐이었다.

헥토르의 죽음

아폴론은 트로이 장군의 모습을 한 채 아킬레우스를 다른 곳으로 유인해 가고 있었다. 그러다 홀연 몸을 돌려세우더니 아킬레우스에게 말했다.

"펠레우스의 아들 아킬레우스! 인간인 주제에 감히 불사신인 나를 뒤쫓아 오느냐? 내가 신이라는 것을 아직 몰라?"

그러자 아킬레우스가 분통을 터뜨렸다.

"이런, 아폴론 신이었다니! 신 중에 가장 잔인한 신! 당신 꾀에 속아 이렇게 멀리까지 오고 말았다니! 당신이 신만 아니라면 내 절대 가만두지 않았을 거요!"

아폴론에게 속은 것을 안 아킬레우스는 서둘러 트로이 성문 앞으로 도로 달려갔다.

트로이군이 모두 성안으로 도망가기에 정신이 없는 사이 그리스군은 성벽 가까이로 바짝 접근해 왔다. 그런데 한 사람만은 도망가지 않고 성문 앞에 그대로 버티고 서 있었다. 바로 헥토르였다. 죽음의 운명이 그를 그곳에 묶어놓았던 것이다.

저 멀리 사납기 그지없는 아킬레우스가 나타났다. 그 모습을 본 프리아모스 왕은 아들 헥토르를 향해 두 손을 내밀며 애처롭게 소리쳤다.

"헥토르, 내 아들아, 제발 저자와 홀로 맞서지 마라. 그는 너보다 훨씬 강하다! 이미 많은 내 아들들의 목숨을 저자에게 빼앗겼지만 너만 쓰러지지 않는다면 우리 트로이인들은 그리 오래 슬퍼하지 않을 것이다. 자, 어서 성안으로 들어오너라. 네가 죽어버리면 이 아비가 어떤 비참한 운명 속에서 죽어갈 건지 너는 정녕 모른단 말이냐!"

늙은 왕은 비통한 목소리로 외치며 두 손으로 하얗게 센 머리를 잡아 뜯었지만 헥토르는 꿈쩍도 하지 않았다. 이번에는 헥토르의 어머니가 애원해봤지만 역시 소용이 없었다. 헥토르는 독이 바짝 오른 뱀이 똬리를 틀고 머리를 꼿꼿이 든 채 노려보듯이 싸늘한 눈을 번뜩이며 아킬레우스가 다가오기를 기다렸다.

물론 그의 마음속에도 한 가닥 망설임은 있었다.

'내가 성안으로 들어간다면 다들 나를 비웃겠지? 그래, 아킬레우스와 맞서서 내가 죽건 그가 죽건 결판을 내야만 해. 아니, 아니야. 창과 방패를 내려놓고 아킬레우스에게 가서 협상을 할 수도 있잖아? 헬레네는 물론이고 온갖 보물도 그에게 돌려주고 우리 트로이의 재물까지 나누어주겠다고 하면 그가 물러갈 수도 있지 않을까?'

하지만 그는 곧 머릿속 잡념들을 털어냈다.

'도대체 무슨 비겁한 생각을 하고 있는 거야! 게다가 내가 찾아가면 아킬레우스는 당장에 날 죽일 게 뻔한데. 자, 딴생각 말고 제대로 한번 싸워보자!'

하지만 결심도 잠시, 아킬레우스가 물푸레나무 창을 휘두르며 무섭게 다가오자 헥토르는 겁을 먹고 달아나기 시작했다. 아킬레우스는 비둘기를 덮치는 날쌘 매처럼 헥토르를 덮쳤고 헥토르는 트로이 성벽 밑을 따라 달아났다. 그렇게 쫓고 쫓기는 추격전이 트로이시를 세 바퀴나 돌 때까지 이어졌다. 쫓기는 쪽은 못 달아나고 쫓는 쪽은 못 따라잡을 것 같은 추격전이 계속된 것이다.

하지만 그들이 네 번째로 샘물가에 이르렀을 때 제우스가 황금 저울을 꺼내놓고 양쪽에 두 죽음의 운명을 올려놓았다. 하나는 아킬레우스의 것, 다른 하나는 헥토르의 것이었다. 그가 저울대 중간을 잡고 저울질을 하자 헥토르 쪽 운명의 추가 기울고 말았다. 그러자 그동안 헥토르를 보호해주던 아폴론이 헥토르의 곁을 떠나갔다. 아테나는 얼른 아킬레우스에게 다가가 말했다.

"제우스 님께서 사랑하시는 아킬레우스. 이제야말로 헥토르를 죽이고 그리스가 영광을 차지할 때가 되었다. 내가 저자를 설득해서 그대와 맞서도록 데려올 테니 그대는 여기서 기다리도록 해라."

말을 마친 아테나 여신은 헥토르의 동생인 데이포보스의 모습으로 변신한 후 헥토르에게 다가가 말했다.

"형님, 형님 혼자 저 무서운 자와 맞서기는 어려워요. 제가 형님을 도울 테니 우리 함께 과감히 맞서기로 합시다."

헥토르는 너무 반가웠다.

"사랑하는 내 동생. 내가 이제까지 동생들 중에서 너를 제일 좋아한 것이 헛된 일이 아니었구나! 모두가 성안에 숨어 꼼짝 않는데 너만은 나를 도와주려고 밖으로 나왔구나!"

용기백배한 헥토르는 아킬레우스를 향해 말을 달려가 말했다.

"펠레우스의 아들 아킬레우스. 내가 아까까지는 성을 세 바퀴씩 돌면서 그대에게서 도망쳐 다녔지만 이번만큼은 더 이상 도망쳐 달아나지 않을 것이다. 자, 신들 앞에서 맹세하라. 내가 만일 그대를 죽인다면 그대 시신을 그리스군에 넘겨주어 장사 지내게 해줄 것이다. 그대가 만일 나를 죽인다면 그대 역시 그렇게 하겠다고 맹세하라!"

그러자 아킬레우스가 맞받아쳤다.

"헥토르, 나와는 협상할 생각을 아예 하지 마라! 사자와 사람은 서로 맹세할 수 없고, 늑대와 새끼 양은 서로 마음이 맞을 수 없다! 우리는 친구가 될 수 없고 맹세 또한 있을 수 없다. 지금은 오로지 전사 대 전사로서 사생결단을 내는 일만 남았을 뿐이다!"

말을 마친 아킬레우스는 긴 창을 번쩍 쳐들더니 헥토르를 향해 던졌다. 하지만 창은 빗나가고 말았다. 이번에는 헥토르가 창을 던졌다. 창은 아킬레우스의 방패를 맞고 튕겨 나갔다. 아킬레우스는 어느 틈에 빗나간 자신의 창을 다시 손에 들고 있었다. 다급해진 헥토르는 데이포보스의 이름을 부르며 새 창을 달라고 했지만 그는 이미 곁에 없었다. 그제야 헥토르는 깨달았다.

"아! 마침내 때가 되었구나. 신들께서 내 죽음을 운명으로 정하셨어. 동생이 내 곁에 있는 줄 알았는데 아테나 여신이 감쪽같이 나를 속이고 말았어. 내 죽음이 제우스 님의 뜻이라면 기꺼이 받아들여야겠지. 하지만 싸우지도 않고 죽을 순 없다! 전사라면 죽을 때도 명예를 생각해야 하는 법!"

말을 마친 후 그는 날카로운 칼을 뽑아 들고 아킬레우스에게 덤벼들었다. 하지만 그가 아킬레우스를 당할 수는 없었다. 아킬레우스의 창이 정확하게 그의 목을 꿰뚫었고 그는 땅바닥에 나뒹굴었다. 헥토르는 죽어가면서 말했다.

"아킬레우스, 마지막으로 애원하네. 나를 그대 진영으로 끌고 가 개 먹이로 삼지 말아주게! 존경하는 우리 아버지와 어머니에게서 선물을 받고 내 시신을 고향으로 돌려보내 화장할 수 있게 해주게."

하지만 아킬레우스는 장군의 입에서 나오기 힘든 욕설을 퍼부으며 그의 청을 거절했다. 그러자 헥토르는 숨을 거두면서 말했다.

"그래, 그대가 내 이야기를 들어줄 리 없지. 그럴 사람이 아니란 거 나도 잘 알아. 하지만 조심하게, 나로 인해 그대에게 신들의 저주가 내릴지 모르니. 언젠가 파리스와 아폴론 신이 그대 목숨을 앗아갈 그날에 말이야."

그러나 아킬레우스는 이미 숨을 거둔 헥토르를 향해 거침없이 내뱉었다.

"그만 죽어라, 헥토르! 난 제우스 신과 다른 신들께서 원하신다면 언제든 죽음의 운명을 받아들일 준비가 되어 있으니!"

파트로클로스와 헥토르의 장례식

헥토르가 아킬레우스에게 죽임을 당하자 트로이 성안은 온통 슬픔에 휩싸였다. 아킬레우스가 헥토르의 시신을 전차에 매달고 질질 끌고 가는 모습을 본 트로이인들의 가슴은 찢어지는 듯했다. 하지만 그들이 할 수 있는 일은 아무것도 없었다.

헥토르의 시신을 자기 진영으로 가져온 아킬레우스는 다음 날 파트로클로스의 장례식을 치르기로 하고 일찍 잠자리에 들었다. 헥토르를 쫓아다니고 죽이기까지 많은 힘을 써서 무척 피곤했던 것이다. 그가 잠이 들자 파트로클로스의 영혼이 그를 찾아왔다. 체격과 얼굴과 목소리가 생전과 똑같았고 옷도 살았을 때 그대로 입고 있었다. 파트로클로스의 영혼이 말했다.

"살았을 때 자네는 나에게 그토록 다정하더니 죽고 나니 그

새 날 잊고 잠이 들었군. 친구여, 서둘러 내 장례를 치러 하데스의 문으로 들어가게 해주게. 어디로 갈지 몰라 여전히 하데스의 문 앞을 서성이고 있다네. 아, 아킬레우스, 자네도 나처럼 트로이 성벽 아래서 죽을 운명이야. 그러니 자네가 죽거든 우리두 사람 뼈를 함께 묻어달라고 하게. 죽어서도 자네와 함께하고 싶어."

꿈속에서 아킬레우스는 두 팔을 뻗어 파트로클로스를 붙들려 했지만 잡을 수가 없었다. 그의 영혼이 가벼운 소리를 내며 연기처럼 흩어져버렸던 것이다. 아킬레우스는 울면서 자리에서 일어났다. 벌써 새벽의 신이 찾아오고 있었다.

날이 새자 아가멤논이 병사들을 시켜 나무를 해 오게 했다. 엄청난 양의 나뭇더미가 쌓이자 모두들 정식으로 무장을 갖추었다. 전사들과 마부들이 나란히 전차에 올랐다. 전차병들이 앞장서고 수많은 보병들이 구름처럼 뒤를 따르는 한가운데에서 전우들이 파트로클로스의 시신을 운구하고 있었다.

이윽고 아킬레우스가 알려준 곳에 닿자 멈춰서 시신을 고이 내려놓았다. 아가멤논과 아킬레우스는 병사들에게 막사로 돌아가 식사를 하라고 명령한 후 고인과 친했던 사람들만 남아 나무를 쌓아올렸다. 산처럼 높은 장작더미가 쌓이자 그 위에 시신을 올려놓았다. 그리고 소, 말, 개 등의 제물을 죽여서 장작더미 위에 함께 올려놓았다.

이윽고 불을 붙이자 장작더미가 활활 타올랐다. 갓 결혼하고 세상을 떠나버린 아들을 화장하며 슬퍼하듯 아킬레우스는 슬퍼했다. 타오르던 불이 어느 정도 사그라지자 아킬레우스는 둘러선 사람들을 향해 말했다.

"아가멤논 왕, 그리고 모든 그리스 장군 여러분! 파트로클로스의 뼈를 골라내어 황금 항아리 안에 간직하도록 합시다. 내가 나중에 하데스로 내려가서 그곳에 뿌리겠소. 다만 한 가지 부탁이 있습니다. 무덤은 제발 너무 크게 만들지 말아주시오. 내가 죽어 그곳에 함께 묻힐 때, 그때 크게 만들어주면 좋겠소."

그가 말을 마치자 다들 그의 말을 따랐다. 사람들은 포도주를 부어 남은 불을 마저 껐다. 그런 다음 울면서 사랑하는 전우의 뼈를 주워 모았다. 그러고는 장작더미 주위에 돌들을 놓고 그 위에 흙더미를 쌓아 올렸다. 아킬레우스의 부탁대로 크지 않은 무덤을 만들었던 것이다.

장례식이 끝나자 모두들 돌아가려 했다. 그러나 아킬레우스는 파트로클로스의 장례식을 기념하는 경기를 열고 싶었다. 그는 자기 부하들에게 명하여 가마솥, 말, 노새, 황소 등을 날라오게 했다. 그중에는 예쁜 여인들도 있었다. 전부 경기 승자에게 주는 상품들이었다. 곧 이어 전차 경주, 권투, 격투기, 달리기, 칼싸움, 원반던지기, 활쏘기, 창던지기 여덟 종목의 경기가 벌어졌고 우승한 사람은 푸짐한 상품을 받았다.

경기가 끝나자 사람들은 각자의 진영으로 흩어졌다. 파트로클로스의 장례식을 성대하게 치른 다음에도 헥토르를 향한 아킬레우스의 분노는 가라앉지 않았다. 그래서 헥토르의 시신을 먼지 자욱한 들판 한가운데 팽개쳐놓았다. 개 먹이로 만들려는 심산이었다. 하지만 그의 시신은 손상되지 않고 그대로 보존되었다. 아폴론이 보호해주었기 때문이었다.

죽어서까지 아킬레우스에게 모욕을 당하는 헥토르가 신들은 가엾었다. 그래서 헤르메스를 시켜 그의 시신을 빼내자고 의견을 모았다. 신들 거의 대부분이 찬성했으나 헤라와 아테나, 포세이돈은 그 결정이 전혀 탐탁지 않았다. 특히 헤라와 아테나는 예전에 파리스한테서 받은 모욕을 잊을 수가 없었다. 자신들을 제쳐놓고 아프로디테의 사과를 선택하다니! 여신들의 질투는 끝이 없었다. 헤라는 파리스에게 최고의 통치권을 주겠다고 약속하지 않았던가! 아테나는 전쟁에서 승리할 수 있게 해주겠다고 약속하지 않았던가! 그런데 그 모든 것을 마다하고 절세미인을 주겠다는 아프로디테를 택하다니! 두 여신은 파리스를 절대 용서할 수 없었다. 그리고 파리스를 향한 원망이 큰 만큼 그의 형 헥토르도 미웠다.

아폴론이 나서서 아킬레우스의 잔인함을 비난했다. 그러면서 그가 신의 노여움을 살 지경에까지 이르렀다고 경고했다. 그러자 헤라가 나섰다.

"은으로 된 활과 화살의 신 아폴론! 어찌 아킬레우스와 헥토르를 비교한단 말이오! 헥토르는 인간의 자식에 불과하고 아킬레우스는 내가 손수 키운 여신의 아들인데! 그대가 과연 신인가, 인간인가!"

신들이 하도 격렬하게 싸우자 제우스가 나섰다.

"헤라, 신들과 너무 심하게 다투지 마오. 헥토르가 인간의 자식인 건 맞소. 하지만 헥토르는 트로이에 사는 인간들 중 내가 가장 사랑한 인간이오. 단 한 번도 내게 제물 바치는 일을 소홀히 한 적이 없을뿐더러 우리 명예를 더럽히는 일 또한 한 적이 없소. 어쨌거나 그의 시신을 몰래 빼내 오는 일은 하지 맙시다. 아킬레우스 몰래 빼내기도 쉬운 일이 아니야. 그의 어머니가 밤낮으로 그의 곁에 머물러 있으니 말이오. 하지만 내 그의 어머니 테티스를 타일러보리다. 누가 가서 테티스를 좀 불러오시오."

그러자 전령의 신 이리스가 테티스를 제우스 곁으로 불러왔다. 제우스가 모든 신들이 함께한 자리에서 테티스에게 말했다.

"테티스, 올림포스까지 어려운 걸음을 해주었구려. 헥토르의 시신 문제와 아킬레우스의 처신을 놓고 여러 신들이 모여 9일 동안 언쟁을 벌였소. 심지어는 헤르메스 신을 시켜 그의 시신을 몰래 빼내려고까지 했다오. 하지만 그리하면 나는 당신의 존경과 사랑을 잃고 말겠지. 내 이 모든 영광을 아킬레우스에게 주려고 하오. 그러니 당장 그의 진영으로 가서 내 명을 전하도록 하시오. 그가 광기에 사로잡혀 헥토르의 시신을 욕보이고 트로이인에게 돌려주지 않는 것에 대해 신들이 모두 노여워하고 있다고 전하시오. 그중에서도 내가 특히 화가 나 있다고 똑똑히 말하시오. 나는 이리스를 프리아모스에게 보내겠소. 그가 직접 아킬레우스의 마음을 기쁘게 해줄 선물을 갖고 아킬레우스를 찾아가도록 만들겠소."

제우스의 말을 들은 테티스는 그의 말에 복종했다. 여신은 올림포스산에서 뛰어내려 곧바로 아들의 막사로 가서 그를 만나 달랬다.

"아들아, 대체 어쩌자고 먹지도 자지도 않고 계속 슬퍼하면서 스스로를 괴롭힐 셈이냐? 이제 그만 마음을 추스르도록 하렴. 더욱이 제우스 님께서 명령하셨다. 신들이 더 노여워하기 전에 헥토르의 시신을 그만 돌려주라고."

그러자 아킬레우스가 말했다.

"어머니, 제가 언제 그분의 뜻을 거역한 적이 있습니까? 올림포스의 주인께서 명령하신 대로 따르겠습니다. 몸값만 치르면 누구한테든 헥토르의 시신을 넘겨주겠습니다."

한편으로 제우스는 이리스를 트로이의 프리아모스 왕에게 보내면서 말했다.

"어서 가라, 이리스! 가서 프리아모스를 만나 아킬레우스에게 선물을 전하라고 일러라. 몸값으로 선물을 주고 사랑하는 아들의 시신을 찾아오라고 해라. 하지만 한 가지 다짐할 일이 있다. 프리아모스 외에는 그 누구도 함께 가면 안 된다. 반드시 혼자 가라고 일러라. 노새에 짐을 싣고 가서 내려놓고, 헥토르의 시신을 실어다줄 나이 많은 병사 외에는 아무도 함께 가면 안 된다. 두려워할 필요 없다고 전해라. 헤르메스가 그를 보호해줄 것이니!"

이리스는 명령을 받자마자 프리아모스의 궁전으로 갔다. 궁 안은 온통 슬픔과 통곡의 도가니였다. 자식들은 아버지를 둘러

싸고 안뜰에 모여 눈물로 옷깃을 적시고 있었고 늙은 왕은 외투를 푹 뒤집어쓴 채 한가운데 앉아 있었다. 제우스의 사자가 곁으로 가자 프리아모스는 부들부들 떨어댔다. 이리스가 그에게 말했다.

"프리아모스, 용기를 내라. 내 그대에게 좋은 소식을 전할 테니!"

이리스는 제우스가 한 말을 그대로 전했다. 프리아모스는 제우스가 시킨 대로 온갖 보물을 마차에 실었다. 그가 홀로 적진으로 가려 하자 헤카베 왕비가 울면서 말렸다. 그러자 프리아모스 왕이 왕비에게 말했다.

"여보, 제발 말리지 마시오. 내게 명령을 내린 분은 다름 아닌 제우스 님이오. 예언자나 사제의 말이었다면 아마 흘려듣고 말았을 거요. 하지만 이리스 여신이 분명 내게 제우스 님의 명을 전해주었소. 우리 아들 시신을 껴안고 마음껏 통곡만이라도 할 수 있다면 아킬레우스 손에 당장 죽는다 해도 좋소."

자식들도 일제히 달려 나와 그를 만류했다. 하지만 그는 크게 야단을 친 후 마차를 몰 나이 든 병사만 데리고 길을 떠났다.

그가 길을 떠나는 것을 본 제우스는 헤르메스를 불러 말했다.

"헤르메스! 너는 언제나 사람들과 어울리는 것을 좋아하지. 이번에는 프리아모스의 길동무가 되어라. 항상 그의 곁에 머물면서 그를 그리스 함대로 인도해라. 그리고 아킬레우스 앞에 이르기까지 다른 그리스 병사들 눈에 보이지 않게, 그들이 전혀 낌새를 알아차리지 못하게 해라."

제우스의 명령을 받은 헤르메스는 지팡이 카두세우스를 집어 들고 올림포스를 떠났다. 카두세우스는 자기가 원하는 사람의 눈을 감길 수도, 자는 사람을 깨울 수도 있는 지팡이였다. 헤르메스는 프리아모스의 마차를 발견하자 젊은 귀공자의 모습으로 변신했다. 그의 모습을 본 프리아모스가 깜짝 놀랐다. 그 누구의 눈에도 띄지 않게 조심하면서 길을 가고 있는데 낯선 사람과 마주쳤으니 놀라지 않을 수 없었다.

헤르메스가 프리아모스 곁으로 가서 그를 안심시켰다. 자신은 아킬레우스의 시종으로 헥토르를 먼발치에서 보고 존경해 왔다고 말한 것이다. 그는 헥토르의 시신이 아직 멀쩡하며 자신이 길 안내를 하겠다며 직접 마차에 올라 말을 몰았다.

그들이 그리스 함대 가까이 이르렀을 때 파수병들은 막 식사 준비를 하고 있었다. 헤르메스는 그들 모두를 잠들게 한 뒤 빗장을 벗겨 문을 열고 선물들이 실린 마차를 안으로 들여놓았다. 그런 다음 곧장 마차를 몰고 아킬레우스의 막사로 갔다. 그의 막사 문에는 빗장이 걸려 있었는데 빗장을 열려면 서너 명의 장정이 함께 덤벼들어야 할 만큼 무거웠다. 단지 아킬레우스만이 혼자 손쉽게 여닫을 수 있었다. 헤르메스는 손수 빗장을 열고 아킬레우스에게 바칠 선물을 안으로 들여놓은 다음 마차에서 내려와 말했다.

"프리아모스, 나는 헤르메스다. 아버지 제우스께서 그대를 도우라고 나를 보내셨다. 여기까지 무사히 이끌었으니 난 그만 돌아가겠다. 이제 그대가 아킬레우스의 무릎을 잡고 직접 애원하도록 해라! 그대는 그의 마음을 움직일 수 있을 것이다."

말을 마친 후 헤르메스는 올림포스로 돌아갔다.

프리아모스는 마차에서 내려와 아킬레우스의 막사 안으로 걸어 들어갔다. 아킬레우스는 두 명의 전우와 함께 막 식사를 마친 참이었다. 프리아모스는 아킬레우스의 무릎을 잡고 자기 아들들을 여럿 살해한 그의 손에 입을 맞추었다. 아킬레우스와 두 명의 전우는 깜짝 놀랐다. 아킬레우스의 천막까지 들키지 않고 들어온 이 사람은 도대체 누구란 말인가! 깜짝 놀라 서로 얼굴만 쳐다보고 있는 그들에게 프리아모스가 말했다.

"신과 같은 아킬레우스, 부디 그대의 아버지를 생각하여 내 소원을 들어주게. 그대 아버지는 그대가 살아서 돌아올 날만 손꼽아 기다리고 있겠지. 아! 그에 비해 나는 얼마나 불행한 노인인가! 내게는 50명이나 되는 수많은 아들들이 있었네. 허나 모두 죽어버렸지. 그리고 내가 가장 사랑하던 헥토르도 죽어버렸네. 바로 그대 아킬레우스의 손에! 제발 내 아들을 돌려주게나. 내가 가져온 저 선물들이 부족하다면 그대 아버지를 생각하여 나를 불쌍히 여겨주게! 자기 자식들을 죽인 사람에게 손 내밀고 애원하는 이 불행한 노인네를 제발 불쌍히 여겨주게!"

프리아모스의 말에 아킬레우스는 마음이 크게 흔들렸다. 아킬레우스는 늙은 트로이 왕의 손을 잡았다. 그리고 두 사람은 함께 울었다. 프리아모스는 사랑하는 아들 헥토르를 생각하며 울었고 아킬레우스는 고향에 두고 온 아버지와 죽어간 친구 파트로클로스를 생각하며 울었다. 아킬레우스는 노인의 손을 붙든 채 일으켜 세우더니 말했다.

"가엾은 분! 당신 마음속에는 얼마나 많은 불행이 자리 잡고 있을지! 자신의 용감한 여러 아들들을 살해한 자 앞으로 이렇게 혼자서 찾아오다니! 아, 인간의 운명이란 얼마나 가혹한지! 인간이 비참한 운명을 살도록 신들은 미리 정해놓았지요. 괴로워하며 목숨을 이어가도록! 하지만 정작 신들은 아픔이 뭔지 모르지요. 신들은 인간에게 좋은 선물과 나쁜 선물이 든 항아리를 마련해놓고 장난삼아 그것들을 번갈아 열어볼 뿐이지요.

그러니 너무 슬퍼 마십시오. 나쁜 선물 뒤에는 좋은 선물이 올 수 있으니까요. 당신이 지금 겪고 있는 불행은 당신 힘으로는 어쩔 수 없는 것입니다. 내 기꺼이 당신 아들의 시신을 돌려드리겠습니다. 게다가 제우스 님의 명령까지 받았으니 무엇을 주저하겠습니까."

프리아모스는 한시라도 빨리 아들의 시신을 싣고 돌아가고 싶었다. 하지만 아킬레우스가 만류했다. 그는 진심으로 프리아모스와 함께 식사를 하며 이야기를 나누고 싶었다. 프리아모스는 하는 수 없이 그의 권유대로 했다. 그들은 먹고 마시며 이야기를 나누는 동안 서로에게 감동받았다. 프리아모스는 아킬레우스가 어찌나 건장하고 아름다운지 저절로 감탄했으며 아킬레우스도 프리아모스의 고상한 외모와 말솜씨에 감동했다.

어느 정도 먹고 마시자 프리아모스가 아킬레우스에게 말했다.

"제우스의 양자 아킬레우스! 용서하게. 갑자기 졸음이 쏟아지는군. 내 자식이 그대 손에 목숨을 잃은 뒤로 나는 단 한숨도 눈을 붙이지 못하고 슬픔에 젖어 지냈다네. 그리고 이제야 비로소 빵과 포도주를 먹고 마셨지. 이전까지는 아무것도 입에 대지 못했다네."

그러자 아킬레우스는 하녀들에게 그의 잠자리를 마련해주도록 명령한 후 프리아모스 왕에게 물었다.

"자, 편히 눈 좀 붙이십시오. 그 전에 한 가지 묻고 싶은 것이 있는데 헥토르의 장례식을 마치려면 얼마나 걸리겠습니까? 장례 기간 동안에는 나와 우리 병사들도 싸움을 멈추고 휴식을 취할 생각입니다."

그러자 프리아모스가 답했다.

"그대가 정녕 헥토르의 장례를 제대로 치르게 해줄 생각이라면 11일을 주게. 9일 동안 그 아이의 죽음을 슬퍼하고, 10일째 되는 날 땅에 묻고 사람들에게 음식을 대접하고, 11일째 되는 날이면 무덤을 만들어줄 참이네. 그러니 만일 다시 싸운다면 12일째 되는 날부터 할 수 있을 테지."

아킬레우스는 11일 동안은 절대로 전쟁을 하지 않겠다고, 설사 아가멤논이 전쟁을 하려 해도 그를 말리겠다고 약속했다.

밤이 되자 아킬레우스도 잠이 들고 프리아모스 노인도 잠자리에 들었다. 신들까지 모두 편안한 마음으로 잠에 빠져들 무렵 정작 잠 못 드는 이가 있었으니 바로 헤르메스 신이었다. 헤르메스는 어떻게 하면 프리아모스 왕을 무사히 그리스 함대 밖으로 데려갈 수 있을까 궁리하느라 잠을 이루지 못했다. 그는 프리아모스의 머리맡에 나타나 말했다.

"프리아모스! 적진 한가운데서 편히 자고 있는 걸 보니 정말로 내 마음이 편안하군. 이제 가야 할 시간이니 어서 일어나 따라나서도록 하라."

그 말을 들은 프리아모스는 얼른 자신과 함께 온 늙은 병사를 깨웠다. 그들은 헤르메스가 손수 모는 마차를 타고 아직 잠들어 있는 그리스 병사들 사이를 무사히 빠져나왔다.

그들이 아름다운 크산토스강에 이르렀을 때 헤르메스는 올림포스로 돌아가고 새벽의 여신이 대지를 방문했다. 그들은 재빨리 성을 향해 마차를 몰았다. 헥토르의 시신은 노새 위에 실려 있었다. 멀리서 그들의 모습을 알아본 트로이인들이 모두 성 앞으로 몰려나왔다. 노새에 실린 헥토르의 시신을 알아보자 그들은 다시 새로운 슬픔에 잠겨 애도의 눈물을 흘렸다. 이윽고 헥토르의 시신이 성안으로 들어가자 헥토르의 아내 안드로마케가 그 누구보다 슬피 울었다. 이어서 그의 어머니 헤카베가 오열했고 헬레네도 통곡을 터뜨렸다. 성안은 순식간에 수많은 트로이인들이 토해내는 비탄에 젖은 울음소리로 가득 찼다. 이윽고 프리아모스의 지시에 따라 헥토르의 장례식이 11일 동안 성대하게 치러졌다.

그 후의 이야기들

　호메로스의 『일리아스』는 헥토르의 죽음과 프리아모스가 그의 시신을 찾아와 장례를 지내는 것으로 끝이 난다. 트로이가 멸망하기까지 이야기는 이어지는 다른 서사시에 나온다. 『일리아스』에 이어지는 그 서사시들은 작품성에서 완성도가 떨어진다는 평가를 받는다. 하지만 우리로서는 헥토르가 죽은 뒤에 과연 트로이 전쟁이 어떻게 되었는지 궁금할 수밖에 없다. 아킬레우스는 어떻게 되었을까? 그리스군은 어떻게 트로이를 정복하게 되었을까? 헬레네는 과연 메넬라오스에게 돌아갔을까?

　이런 궁금증들을 풀어주기 위해 헥토르 죽음 이후 트로이가 패망하기까지 사건들을 간략하게 소개한다.

아킬레우스의 죽음

헥토르를 죽인 후 아킬레우스는 더욱 용맹을 떨친다. 그는 트로이를 도우러 온 이웃 나라 군대들도 가볍게 무찌른다. 한편 헥토르가 죽은 후 트로이군은 그의 동생인 파리스가 지휘를 맡는다. 그는 트로이 성벽 위에서 그리스 군대와 트로이 군대가 전투를 벌이는 것을 지켜본다. 그중 가장 눈에 띄는 것은 역시 아킬레우스였다. 그는 전쟁터를 제집 안마당처럼 내달리며 트로이 병사들을 무참히 살해하고 있었다. 파리스는 그가 가까이 오기를 기다려 화살을 날린다. 파리스가 날린 화살은 아폴론의 도움을 받아 아킬레우스의 발뒤꿈치를 맞힌다. 그러자 아킬레우스는 숨을 거둔다. 발뒤꿈치는 그의 유일한 약점이었던 것이다. 왜 발뒤꿈치가 아킬레우스의 약점이 되었을까?

아킬레우스가 세상에 태어났을 때 그의 어머니 테티스 여신은 저승을 흐르는 스틱스 강물에 그를 목욕시킨다. 그 강물에 목욕을 하면 몸이 강철처럼 단단해질 수 있었다. 테티스는 아킬레우스를 화살도 뚫을 수 없는 몸을 가진 천하제일의 용사로 만들고 싶었던 것이다. 그런데 테티스가 아들을 목욕시킬 때 그만 발뒤꿈치는 스틱스 강물에 담그지 못했다. 그곳을 잡고 목욕을 시켰기 때문이다. 그래서 아킬레우스의 몸에서 발뒤꿈치만이 유일한 약점이 된다. 어떤 사람의 가장 큰 약점을 가리키는 저 유명한 '아킬레스건(腱)'이라는 표현은 여기서 나왔다.

갑옷 쟁탈전과 아이아스의 죽음

아킬레우스가 죽자 그리스군의 사기는 땅에 떨어진다. 그리스군은 전쟁터에서 물러나 아킬레우스의 장례를 치르고 그를 파트로클로스의 무덤에 함께 묻는다. 그런데 아킬레우스는 죽었어도 그가 입고 있던 갑옷과 투구와 무기들은 남았다. 누가 만든 갑옷과 투구였던가! 바로 대장장이 신 헤파이스토스가 정성 들여 만든 갑옷과 투구가 아니던가! 그것들을 두고 아이아스와 오디세우스 사이에 쟁탈전이 벌어진다.

그리스군에서 가장 명성이 높은 두 장군이 아킬레우스의 갑옷과 투구를 놓고 다투자 가장 난처해진 이는 바로 총사령관 아가멤논이었다. 망설이던 그는 여러 원로들과 회의를 한 끝에 그것들을 오디세우스에게 주기로 결정한다. 오디세우스의 화려한 언변이 원로들의 마음을 움직였기 때문이다.

자신이 세운 공적이 오디세우스의 화려한 언변에 묻혀 무시당한 것에 아이아스는 화가 치민다. 그는 아가멤논과 오디세우스를 죽이기로 결심한다. 하지만 그들을 보호하는 아테나가 아이아스를 미치게 만들고 그는 결국 자살을 하고 만다. 아이아스가 죽자 오디세우스는 그의 장례를 성대하게 치러준다.

파리스의 죽음

아킬레우스가 죽고 아이아스마저 자살을 하자 그리스군의 사기는 땅에 떨어질 대로 떨어진다. 트로이 성을 함락하는 일은 그만두더라도 파리스를 죽여서 아킬레우스의 원수를 갚겠다는 생각조차 품을 수 없었다.

그때 프리아모스의 아들이며 예언가인 헬레노스가 그리스군에 포로로 잡혀온다. 헬레노스는 오디세우스에게 헤라클레스의 활과 화살로 싸움을 하지 않는 한 트로이는 함락되지 않을 것이라고 예언한다.

그리스 최고의 명궁인 필록테테스는 헤라클레스가 스스로 불타 죽으려 할 때 불을 붙여 그를 도와준 대가로 헤라클레스의 활과 화살을 선물로 받았다. 그도 트로이 전쟁에 참가한 장군들 중 한 명이었는데 트로이로 가던 도중 그만 독사에게 발을 물린다. 상처가 낫지 않아 시도 때도 없이 비명을 질러대고 상처에서 심한 악취가 나자 그리스군은 그를 외딴 렘노스섬에 버려둔 채 떠나버린다. 그는 그 섬에서 사냥을 하며 비참하게 살아가고 있었다.

오디세우스는 아킬레우스의 아들 네오프톨레모스(일명 피로스)와 함께 그를 찾아가 설득한다. 그리고 함께 트로이 전쟁터로 온다. 그의 상처는 그리스군의 의사 마카온이 치료를 해주어 깨끗이 낫는다. 병이 나은 그는 헤라클레스의 화살로 파리스를 쏘아 죽인다. 기나긴 트로이 전쟁을 일으킨 장본인 파리스는 그렇게 목숨을 잃는다.

트로이 목마와 트로이의 멸망

파리스는 죽었지만 트로이 성은 결코 함락되지 않았다. 헬레노스의 예언대로 필록테테스가 헤라클레스의 활과 화살을 들고 싸움터에 나섰으나 파리스만 죽일 수 있었을 뿐 트로이 성은 요지부동이었다. 전투에서 전사하는 병사, 병들어 죽는 병사의 수가 늘어났고 멀쩡한 병사들도 싸움에 지쳐갔다. 그때 오디세우스가 꾀를 낸다.

그는 건축가 에페이오스를 시켜서 속이 빈 거대한 목마를 만들게 한다. 그런 다음 그리스 병사들 중 가장 용맹한 전사들을 그 목마 안에 들어가게 한다. 오디세우스 자신도 디오메데스와 함께 목마 속에 들어간다. 나머지 그리스군은 배를 타고 테네도스섬 뒤쪽으로 가 숨는다. 또한 거대한 목마에는 "그리스군이 철수하면서 아테나 여신에게 바치는 선물"이라는 글을 새겨 놓는다.

그리스군이 물러가는 것을 본 트로이인들이 그리스 진지로 몰려왔다. 그때 첩자로 남아 있던 시논이 트로이 장군 앞에 불려가 자신은 그리스군에 불만이 많아 탈영을 했으며 이 목마를 트로이 성안으로 들여놓으면 트로이는 그 누구도 넘보지 못하는 강한 나라가 될 것이라고 말한다.

트로이 진영에서는 과연 이 목마를 트로이 성안에 들여놓을 것인가, 아니면 그냥 그 자리에 둘 것인가, 아예 태워버릴 것인가를 놓고 서로 의견이 분분했다. 그때 아폴론의 사제인 라오콘이 그리스의 선물을 받지 말라고 경고한다. 그런데 라오콘이 그런 경고를 하자마자 라오콘과 그의 두 아들은 두 마리의 거대한 바다뱀에 감겨 죽는다.

아폴론의 사제인 라오콘이 신의 노여움을 받아 벌을 받은 것이라고 생각한 트로이인들은 서둘러 목마를 성안으로 들여온다. 프리아모스의 딸인 예언자 카산드라도 트로이가 멸망할 것이라며 만류하지만 다들 듣지 않는다. 트로이인들은 성문으로 들여오기에 목마가 너무 커서 성곽을 허물기까지 해서 간신히 목마를 성안에 들여놓는다.

그리하여 그날 밤, 트로이인들이 승리를 자축하며 모두 술에 곯아 떨어졌을 때 그리스 장군들과 병사들이 밧줄을 타고 목마에서 내려오고 테네도스섬 뒤쪽에 숨어 있던 그리스군이 돌아와서 트로이를 함락시킨다. 트로이의 모든 장군들이 죽고 프리아모스의 아들들과 프리아모스마저 모두 죽자 마침내 10년을 끌었던 트로이 전쟁은 막을 내리고 트로이는 멸망하고 만다.

그러나 아프로디테의 아들인 트로이의 용맹한 장군 아이네이아스는 죽음을 면한다. 그는 가족과 함께 아프로디테 여신의 궁전으로 달아나 위기에서 벗어난다. 아이네이아스는 훗날 이탈리아로 가서 로마의 전신인 알바 롱가를 세우며 로마의 시인 베르길리우스는 아이네이아스를 중심으로 로마 건국에 관한 유명한 서사시 『아이네이스』를 짓는다.

그렇다면 트로이 전쟁의 원인이었던 헬레네는 어찌 되었을까? 프리아모스의 아름다운 딸인 카산드라는 아가멤논의 첩이 되었고, 헥토르의 아내 안드로마케는 아킬레우스의 아들 네오프톨레모스의 첩이 되었으며, 프리아모스의 부인 헤카베 여왕은 오디세우스의 종이 되었는데 정작 그녀는 어찌 되었을까?

그녀는 다시 메넬라오스의 품으로 돌아갔다. 10년이라는 길고 참혹한 전쟁 동안의 모든 슬픔과 고통, 심지어는 죽음마저 아무것도 아닌 일로 만들어버릴 정도로 사랑의 힘은 위대한 것일까!

『일리아스』를 찾아서

　『일리아스』는 『오디세이아』와 함께 유럽 문학 최고, 최대의 서사시이며 작가는 호메로스다. 학자들은 호메로스가 이 작품들을 쓴 시기를 기원전 800~기원전 750년경으로 잡고 있지만 더 오래전으로 잡는 사람도 있다. 그러니까 지금으로부터 약 3,000년 전의 작품으로 보아도 무방하다.

　너무 오래전 작품이라서 작가 호메로스가 누구인지에 대해서도 의견이 분분하다. 심지어 작가가 호메로스 개인이 아니라 다수라는 의견을 제시하는 학자들마저 있다. 여러 사람의 입을 통해 전해 내려오던 이야기를 하나로 모은 것이 『일리아스』와 『오디세이아』라는 것이다. 하지만 우리는 이 작품들의 작가를 그냥 호메로스로 알아두기로 하자. 이렇게 주장하는 학자들 의견이 좀 더 그럴듯하기 때문이다. 설사 입으로 여러 사람을 통해 전해온 이야기라 할지라도 어쨌든 호메로스가 모은 것이 아닌가? 그것만으로도 대단한 업적이 아닌가?

『일리아스』와 『오디세이아』를 우리는 서사시(敍事詩)라고 말한다. 서사시란 도대체 무엇일까? 복잡하게 생각할 것 없다. 시의 형식으로 된 소설적 이야기라고 보면 된다. 서사는 이야기라는 뜻이다. 그러니까 서사시는 이야기로 된 시다. 내용은 소설처럼 이야기로 되어 있는데 형식은 시처럼 운율을 갖고 있는 것이다.

사실 우리에게 익숙한 산문 형식의 이야기가 나온 지는 얼마 안 된다. 프랑스만 해도 18세기가 되어서야 지금 우리가 소설이라고 부르는 이야기가 나왔다. 16~17세기 영국 극작가 셰익스피어의 작품들도 오늘날에는 소설처럼 읽고 있지만 원래는 전부 산문이 아니라 운문으로 되어 있다.

문학작품이 왜 애초에 서사시 형식으로 나타난 것일까? 간단하다. 고대 문학작품은 지금처럼 작가가 집필실에서 글을 쓰면서 탄생한 것이 아니라 입에서 입으로 전해지면서 생겨났기 때문이다. 이것을 우리는 '구전문학(口傳文學)'이라고 부른다.

고대의 유명한 작가들은 홀로 앉아 글을 쓴 사람들이 아니다. 여러 사람을 앞에 모아놓고 신나게 이야기를 풀어놓던 사람들이다. 이 작품의 작가인 호메로스 또한 마찬가지다. 그래서 우리는 호메로스를 음유시인(吟遊詩人: 여러 곳을 떠돌아다니며 시를 읊어주는 시인)이라고 부른다. 사람들 앞에서 이야기보따리를 풀어놓으면서 흥을 돋우려니까 운율이 필요해진다. 다시 말해 음악처럼 가락이 필요하다는 뜻이다. 멀리 갈 것 없이 우리의 판소리가 좋은 예다.

호메로스는 당시의 그런 음유시인 중 가장 인기가 좋았던 사람으로 생각하면 된다. 그래서 그의 『일리아스』와 『오디세이아』를 그리스의 국민 서사시라고 부른다. 호메로스가 살았던 시대 사람들은 음유시인들이 낭송하는 『일리아스』와 『오디세이아』를 들으면서 즐거워했고 그 이야기 속 내용들을 교과서로 삼았다. 그리스의 헬레니즘 문화가 유럽 문화의 원류이니 『일리아스』와 『오디세이아』가 유럽 문학과 예술에 많은 영향을 미친 것은 당연하다. 후대에 이 이야기 속 내용들을 주제로 한 그림, 소설 등이 계속 많이 나온 것은 그 때문이다.

『오디세이아』도 마찬가지지만 『일리아스』를 읽으면 확 눈에 띄는 것이 있다. 신들과 인간들이 함께 살고 있다는 것이다. 신들의 이야기를 신화(神話)라고 부른다. 그런데 『일리아스』에는 신화와 인간의 이야기가 뒤섞여 있다. 그럼 신화란 또 무엇일까?

　신화는 신들의 이야기지만 신들이 지은 이야기는 아니다. 인간들이 신화를 지었다. 사람들은 자신들의 일만 이야기로 지어내는 것이 아니라 신들의 이야기도 지어낸다. 사람들은 왜 신들의 이야기를 지어내는 것일까? 바로 꿈이 있기 때문이다. 신화는 사람들의 꿈을 이야기로 만든 것이다. 신화를 열심히 만들었던 옛날 사람들은 아마 꿈을 열심히 꾸었던 모양이다.

　그 꿈 속에서 신들은 사람들 곁에 살아 있다. 세상 모든 것이 생명을 지닌 채 살아 있으며 거기에 정령이 깃들어 있다고 생각한다. 오늘날 우리도 그런 생각을 종종 하곤 한다. 새들과 이야기를 나누고 싶어지고 나무들이 우리를 지켜본다고 생각한다. 심지어는 돌, 건물 이런 것들이 살아 있다고 여기기도 한다. 우리는 『일리아스』를 읽으면서 수많은 신들을 만난다. 그리고 그 신들을 만나면서 시공을 초월하여 저 옛날 그리스 사람들이 꾸었던 꿈과 만난다.

　『일리아스』는 그리스와 트로이 간의 전쟁을 그린 총 여덟 편의 서사시 중 두 번째 이야기다. 이 이야기를 재미있게 읽으려면 그리스와 트로이 간에 왜 전쟁이 일어나게 되었는지 알아야

한다. 전쟁이 일어나게 만든 장본인은 트로이 왕자인 파리스와 제우스가 레다에게서 얻은 딸인 헬레네다. 이야기는 좀 거슬러 올라간다.

파리스는 아주 미남이다. 그런데 어느 날 그에게 제우스의 부인인 헤라와 전쟁의 여신 아테나, 사랑의 여신 아프로디테가 사과 하나를 들고 찾아온다. 세 여신은 자신들 중 가장 아름다운 이에게 사과를 주라는 무리한 요구를 파리스에게 한다. 물론 그들은 각자 그 사과를 자신에게 주면 훌륭한 선물을 주겠다고 약속을 한다. 파리스는 얼떨결에 셋 중 누가 가장 아름다운지 판정하는 심판관 역을 맡게 된 것이다. 그는 절세미인을 아내로 맞게 해주겠다고 약속한 아프로디테에게 사과를 준다. 그 결과 그는 아프로디테가 약속한 대로 세상에서 가장 아름다운 여성인 헬레네를 얻는다. 대신에 헤라와 아테나에게는 미움과 분노를 산다.

하지만 사태가 그리 간단하지 않다. 헬레네는 이미 스파르타의 왕 메넬라오스와 결혼한 몸이었기 때문이다. 파리스는 그리스로 건너가 그녀를 유혹한다. 그리고 함께 트로이로 돌아온다. 이것이 바로 트로이 전쟁의 불씨가 된다.

그런데 한 가지 의문이 남는다. 메넬라오스는 그리스의 여러 도시국가 중 하나인 스파르타의 왕에 불과하지 않은가? 그의 원한에 왜 거의 모든 그리스 영웅들이 동참한 것일까? 이유가 있다. 헬레네가 너무 아름다워서 수많은 그리스 영웅들이 그녀에게 구혼을 했다. 헬레네의 아버지는 구혼자들에게 묘한 요구를 한다. 누가 헬레네의 남편이 되건 나머지 사람들은 그의 남편으로서 권리를 지켜주겠다는 맹세를 하라고 한 것이다. 정작 남편은 메넬라오스 한 명이었지만 나머지 영웅들도 남편으로서 의무를 지니게 된 것이다. 그래서 그들은 다 같이 트로이 전쟁에 나설 수밖에 없었다.

『일리아스』는 트로이 전쟁이 일어난 지 9년째 되었을 때 이야기를 담고 있다. '일리아스'는 '일리온 이야기'라는 뜻이다. 일리온은 트로이의 옛 이름이니 결국 '트로이 이야기'라는 뜻이다. 줄거리는 간단하다. 그리스군 총사령관인 아가멤논과 가장 용감한 그리스 장군인 아킬레우스 간에 불화가 일어났다가 다시 화해하는 이야기다. 『일리아스』에서 가장 중요한 인물은 아킬레우스다. 『일리아스』는 아킬레우스가 트로이의 맹장인 헥토르를 죽이는 것으로 끝이 난다. 아킬레우스가 발뒤꿈치에 파리스의 화살을 맞고 죽는 이야기는 이어지는 서사시에 나온다. 아킬레우스의 온몸은 강철 같아서 부상을 당하지 않지만 발뒤꿈치만이 유일한 약점인데 그곳에 화살을 맞은 것이다. 그 부위는 지금도 '아킬레스건'이라고 부른다. 또한 트로이 목마로 인해 트로이가 함락되는 유명한 이야기도 뒤에 이어지는 다섯 번째 서사시에 나온다.

트로이 전쟁이 발발한 지 9년째로 접어드는 동안 그리스군은 별 성과 없이 지지부진하게 세월만 보냈다. 그러다 드디어 아킬레우스가 트로이군 우두머리 헥토르를 죽이고 트로이를 향해 맹공을 가하기 시작한다. 『일리아스』는 바로 그 맹공의 출발을 알리는 서사시다. 삶과 죽음의 운명이 갈리는 치열한 전쟁터에서 옛 그리스 전사들은 그 운명을 한탄하기도 하고 받아들이기도 한다. 그 운명을 피하려 애쓰기도 하고 그 운명을 극복하려 애쓰기도 한다. 그리고 그 모든 인간적인 모습 곁에 신들이 함께하고 있다. 이 서사시를 읽으면서 그 속에 등장하는 인간들처럼 신들과 잠시나마 함께해보기를 바란다.

일리아스

생각하는 힘: 진형준 교수의 세계문학컬렉션 1

펴낸날	초판 1쇄　2017년　9월　1일
	초판 5쇄　2023년　3월　6일

지은이	호메로스
옮긴이	진형준
펴낸이	심만수
펴낸곳	(주)살림출판사
출판등록	1989년 11월 1일 제9-210호

주소	경기도 파주시 광인사길 30
전화	031-955-1350　팩스　031-624-1356
홈페이지	http://www.sallimbooks.com
이메일	book@sallimbooks.com

ISBN	978-89-522-3721-7　04800
	978-89-522-3718-7　04800 (세트)